封龙获鹿

中国好诗

第六季

孟醒石 著

天津出版传媒集团
百花文艺出版社

孟醒石，原名孟领利，1977年1月1日生，河北无极人，毕业于石家庄学院美术系。参加诗刊社第30届青春诗会，鲁迅文学院第31届中青年作家高研班，上海大学中国创意写作中心高研班。出版《诗无极》《子语》等书。获孙犁文学奖、《芳草》杂志汉语诗歌双年十佳等奖项。中国作家协会会员，河北省十佳青年作家，河北文学院签约作家，石家庄市作家协会副主席兼秘书长。

仰望的人，生出刻碑之心

——评孟醒石的诗

◎ 霍俊明

所以我写诗
为了凝视自己，为了让黑暗发出回声。
——谢默斯 · 希尼

我已记不清是什么时间开始与孟醒石见面和交往的了，只是从第一次见面孟醒石就给我极其踏实的感觉，这种踏实显然来自人格的信任。直至 2020 年春末夏初我拿到他最新这本诗集《封龙获鹿》的打印稿，才猛然意识到这么长时间我居然没有给孟醒石的诗歌写过只言片语……

对他的诗歌有了更深入的认识则是在 2014 年

10 月 10 日至 16 日在海南陵水举行的诗刊社第 30 届青春诗会上。我是那一届青春诗会的评委兼指导教师，反复通读了包括孟醒石在内的 15 位诗人的作品。孟醒石的诗歌给我带来了很多的惊异之处，正如当年他在阅读陈超先生《打开诗的漂流瓶》一书时所记下的笔记，“三句诗要有一个兴奋点，如果没有就没法读，而兴奋点是由逆反因素而来”。显然，这时孟醒石的诗已不是单纯的“好诗”而是具备了一定的重要性，已经开始进入“深度描写”阶段。

这届青春诗会结束没多久，也就是 10 月 31 日凌晨，陈超先生猝然离世。在那段特殊的日子，我真实无比地感受到孟醒石对陈超老师极度的尊敬和热爱，此后我是把他作为兄弟来看待的。他为陈超老师的身后事以及几次纪念活动都付出了很多，然而却一直处于默默的边缘者的位置，一直都在埋头干活……

1.

孟醒石比我小两岁，但他受过的社会之苦比我多。他做过乡村教师、室内装潢设计师，后来又南下广东打工，重回石家庄后开过个体书店，好几年租住在城中村，后长期在媒体当记者……他结识陈超老师是在我 2003 年硕士研究生毕业之后。那时他为了旁听陈超老师的诗歌课更为便利，租住在河北师大西校区红旗大街附近的西三教村。2004 年 2 月

小众书坊
Poetic Books

中国好诗

心上没有诗，就像地上没有花朵。

第六季

《万古烧》·张执浩 著
《编织蓝色星球的大海》·邱华栋 著
《世界的每一个早晨》·谷禾 著
《濒临》·龚学敏 著
《山河边关记》·丁戎耕 著
《不惑的绳结》·张常美 著
《封龙获鹿》·孟醒石 著
《开门见山》·慕白 著
《一个声音离开了合唱团》·臧海英 著
《雪旅》·张烨 著

第五季

《山顶》·李琦 著
《大地上万物皆有信使》·刘立云 著
《深情可以续命》·潘洗尘 著
《大鱼》·徐南鹏 著
《今生荒寒》·殷龙龙 著
《镜中白马》·梁尔源 著
《爆破音》·胡茗茗 著
《逆风歌》·张远伦 著
《余音》·灯灯 著
《不能的风》·余幼幼 著

第四季

《事到如今》·张新泉 著
《入林记》·张二棍 著
《落在海里的雪》·王小妮 著
《群峰无序》·大解 著
《数一数沙吧》·沈苇 著
《镜中》·舒丹丹 著
《自然主义者的庄园》·阎安 著
《我不想大张旗鼓地进入你的生命之中》·巫昂 著
《一株麦子的幸福》·罗振亚 著
《我本孤傲之人》·江一郎 著

第三季

《妥协之歌》·李南 著
《用小号把冬天全身吹亮》·梁晓明 著
《空楼梯》·胡弦 著
《自己的心经》·叶舟 著
《锦瑟》·何向阳 著
《隔空对火》·荣荣 著
《我们的暴雨星辰》·姜念光 著
《浅妄书》·蓝野 著
《微甜》·白庆国 著
《大师的葬礼》·严彬 著

第二季

《让我背负你的忧郁》·郑玲 著
《响器》·马新朝 著
《半张脸》·商震 著
《个人简历》·娜夜 著
《挑滑车》·轩辕轼轲 著
《徒步穿越半个城市》·邰筐 著
《向命要诗》·沈浩波 著
《栖真之地》·桑子 著
《无数灯火选中的夜》·冯娜 著
《数星星的人》·玉珍 著

第一季

《山中信札》·路也 著
《为何生命苍凉如水》·刘年 著
《女巫师》·宇向 著
《山冈诗稿》·王单单 著
《悬崖上的沉默》·雷平阳 著
《去人间》·汤养宗 著
《无端泪涌》·陈超 著
《必要的天使》·臧棣 著
《白云铭》·江非 著
《我们来谈谈合适的火苗》·杜绿绿 著

12日，星期四，当天下午，孟醒石提着录音设备以“旁听生”的形象走进了文学院115教室。现代诗歌课是两点钟开始，一点五十分，陈超老师一手抱着一摞上课资料一手端着一杯咖啡大步迈进了教室……

2006年2月10日的《河北日报》刊发陈超先生关于2005年诗歌的扫描文章《欣然·茫然·释然》，其中提到了孟醒石的《雨靴》（该诗写于2003年）：“这些诗作，不仅有着诗人较为鲜明的创作个性，而且我还看到了其中不少诗人在稳定性中努力寻求变化的明显轨迹。相对于那些将‘好诗’标准本质化乃至先验设定化的诗人而言，这些诗人及诗作显得更有活力和发展潜质。他们的诗歌题材，措辞特性，美学情调是有很大差异的，但就我个人的观感而言，这些诗都不同程度地体现出‘小叙述’特征，并有具体、直接和即兴式的轻快、诙谐感。”孟醒石写于2005年9月的《秋收》正是陈超先生在这里所提及的“小叙述”：

秋天刚有玉米那么高 / 秸秆就黄了 / 很多人钻进玉米地 / 彼此看不见对方 / 只能听到高高低低的说话声 // 我在房顶上看到 / 秸秆晃动 / 田野出现一小片一小片的旋涡 / 那里面有我的亲人 / 他们一辈子就掀起这么点浪花 / 其他都是风 / 是太阳 / 掀起来的 / 或者无风三尺浪

这里有语言的活力、描述的真切以及精准的象征，诗人已经对经验化的日常场景以及眼前的“可见之物”进行了精神化的深度渗透，日常边界经过扩殖之后具备了想象的真实性和命运的贯通意识。这时我们应该留意诗人所站的位置和观察角度，这一位置和角度既是现实的现场的又有适度的距离和高度，而这正是孟醒石的特殊取景框——“我在屋顶上看到”。

在另一首诗《空》中，我们的这位诗人又再次爬到了“故乡的房顶”，然而此情此景距离 2005 年的《秋收》已经过去了十年之久。

昨夜我爬到故乡的房顶
忽然发现，下不去了
谁是那个撤走梯子的人？

在华北平原，邻里之间的房顶相连
我从这家屋顶，转到那家房顶
不知道从哪里跳下去
家家空空如也
只有月光张开双臂接着我

与《秋收》中从“故乡的屋顶”下坠式的虚无和深渊体验相反的情形是《灰烬》。《灰烬》一诗携带的是原初的故乡记忆，那几乎是静止不变的时空结构中近乎失控的欢愉时刻：

> 那时候，我的胆量特别大
> 敢于从高高的房顶上，一跃而下
> 正是因为，我相信下面有柴火垛接着我
> 哪怕只剩，一堆灰烬
>
> ——《灰烬》

而到了写作《空》的2015年，此时已是物非人非，华北平原以及家家户户已经变得“空空荡荡”，搭在故乡房顶的那把梯子也被什么人或什么力量给“神秘”地撤走了。

沦丧的时刻，记忆的最后凭依之物和观望之所已经烟消云散……六岁那年，孟醒石从那把梯子上失足坠落，半夜时分后背钻心地疼痛，而如今这一疼痛记忆已经成了极具戏剧化的乡土寓言。正是源于这一深层的心理背景和精神结构，我们也在孟醒石的诗歌中看到一个往昔的瘦弱“少年”一次次背对着我们逆行而去……

一个成年人之所以要不断回到出生地，回到那些记忆之物，这是因为他仍然希望在幻想中有可依赖的安慰之物和栖身之所，这也是现代性和工具理性变成灾难时刻的精神上的逃避和缺失心理的补偿。

人和环境以及事物的关系发生了根本性变化，它们不再是空间关系而是意识系统。当然，安慰之物和栖身之所可以是具体的、现实的，也可以是精神的和想象的。如今，这些记忆更多存在于废弃之物、废墟和幻象之中。无论是现实的物象还是精神的幻象，它们都一同指向了生命和血缘的源头，一旦源头被切断，那么一切都将成为虚空而彻底丧失意义，因为他的“童年记忆”已经彻底丧失了根基——“这是因为大家都记得并不断重复一个事实，也即那株栗树是我出生那年植的；还因为我是那位姑姑特别喜爱的人，因此她的喜爱也被象征化在那株树身上；也许还因为那株栗树是随着我长大而长大的重要事物。周围其他树和篱笆全都是成年的，因此都像是那个世界的既有特征：而那株栗树则是年幼的，被看护着，如同其他儿童和我本人被看护和品评着——慈爱地、坦率地、不留情面地”（谢默斯·希尼：《无地点的天堂：从另一个角度看卡瓦纳》）。

这些残存之物或记忆之物使得诗人和作家写下的文字留有一个特殊的孔洞，这个孔洞可以使得这些记忆者和写作者经由文字穿越回过去。当这些可凭依之物不再存在的时候，这些文字上的孔洞也就彻底弥合了，再也不能借文字世界来完成回溯和穿越。

2.

经过多年经营，孟醒石诗歌的时间坐标和空间意识已经很明确。无论是从“诗无极”还是到最新诗集的“上庄镇”“获鹿”“封龙山”“滹沱河”“太行山”“丘陵地带”“华北平原”“冀中平原”，由这些地点、场景和空间结构，我们在一个个精神点阵中目睹了一个写作者在时间不断的磨砺和消磨中仍在维护的生存视界和精神生活。

凌晨两点，大股寒流从太行山上下来
在西三教村，遭遇小股暖流抵抗
下山虎碰到地头蛇，瞬间厮杀起来
夜空布满冷兵器，城乡接合部变成古战场
——《古战场》

这些空间既是现实的又是想象的，既是开放的又是封闭的，甚至更多的时候它们是通过现实感、记忆和想象的复合方式而成为循环结构，“想要保存一个内心世界深沉的非现实性，而这个特性，显然是基本而不可或缺的。将价值铭记在一个封闭的循环和一个完美达成的时间里，以这样的图示得到它的象征作用”（让·鲍德里亚：《物体系》）。

时间尺度和空间坐标印证了写作者的记忆能力和精神词源，这最终汇聚成的是对个人来说无可替代的地方志。“是什么地方关系不大，只要你能记住它也不为这个地方感到羞愧就行了。因为，有一个地方作为起点是极其重要的。你是一个乡下小伙子；你所知道的一切也就是你开始自己事业的密西西比州的那一小块地方。不过这也可以了，它也是美国，把它抽取出来，显然它那么小，那么不为人知，你可以牵一发而动全身，就像拿掉一块砖整面墙会坍塌一样。”（福克纳：《记舍伍德·安德森》）这些实有的和想象性交织在一起的空间气候一次次让诗人辨认和确立精神原点而不至于失去重心而眩晕，“大雪，却不合时宜，突然降临 / 从太行山一直下到我的五脏六腑 / 里面暗藏的冷血动物 / 刚苏醒过来，又缩回巢穴 / 所谓胸怀，不过是白茫茫一片”（《齿痕》）。

这些空间实则真实不虚地对应了个体命运的一个个点阵或针尖，这是地方性知识所延续的基因和属地性格，如今其中沾染上越来越多的“分裂”感——

> 我不希望自己与故乡有同样的命运
> 地图上，无极县位于首都正下方五百华里处
> 既无丘壑，又无块垒，一贯温和恭顺
>
> ——《万物均有自净能力》

大地共同体已经不复存在，回溯的诗和“倒时差的诗”已经被迫诞生，“华北平原愈加空旷”“如今，猫头鹰在冀中平原早已绝迹”“从冀中平原，乘车

一路向西”“在华北平原，邻里之间的房顶相连”“平原上，一幢幢高楼”“在我的故乡冀中平原”“滹沱河水，冲击出冀中平原”等这些同类化的精神语型一次次出现在孟醒石的《酒国》《幻听》《卧佛》《空》《灌溉》《文身》《在白纸上种地》等诗中。

冀中平原上的老人干活儿时
腰弯得久了，总习惯抬头望天
舒缓伤痛，同时观察风的走向，云的变幻
妥善安排农事
而我们这一代人
不再种地。对苍天，丧失了独立的判断
——《在白纸上种地》

这是一次次猝然降临的精神分裂和动荡式的时代景观。显然，这些文本具有互文的特征，诗人使用的正是反复叠加和复现的话语方式，这也是使得诗人在一个“旧时代”风物整体取消和消失的严峻时而免于个体失忆的“最后稻草”。

每一个人早期的诗歌都充任了急切表述者和简陋的扩音器，尽管可以逞一时之快，但其声调显然是变形和夸张的。而近年来，在孟醒石的文本缝隙中我反复看到一个疲惫、困顿、屈辱而又不甘的“中年人”形象：“我不愿做一个对熊熊大火冷眼旁观的人”（《万有引力》），“明显感觉黑暗正在碳

化 / 明显感觉记忆正在液化 / 明显感觉光芒，越来越稀薄 / 那么多的星星，被一一熄灭”（《后半夜》）。与此相应，孟醒石的诗歌音调逐渐降低。

随着“中年时间”一同到来的精神视界却越来越开阔，词语的精神重压也在加大，而纠结、困顿、反讽、悖论和龃龉的精神事实也几乎无处不在，“超载的夜晚惯性巨大 / 加速时睡着的事物 / 又在减速的声响中惊醒”（《火车在深夜》）、“而我未到中年 / 便成了一个谨小慎微的人 / 登高，不过是一步步把火苗踩灭”（《登高》）。

尽管生存意志已经有些磨损，但是孟醒石仍然持有比照万物之心，这也是物象和心象时时予以对位和校正的过程。“昨天的我，前天的我，大前天的我 / 都在旋涡中挣扎、纠缠、翻滚 / 直到变成一股汹涌的浊流 // 如果不洗，不知道自己有这么脏 / 而洗白之后，我的热血、体味、冷汗 / 竟然都成了下水道的排泄物”（《洗白》）。孟醒石的《响箭》《禁伐告示牌》《酒国》《耻》《夜读萧红》《闪电》《古战场》《城中村》《火车在深夜》《深秋》《盲区》等诗中仍然有着对伦理化的时代空间的敏感关注，比如乡村、城市、城中村、城乡接合部……这是时代大气候与个体小气候和精神症候逐渐构成的微妙对跖点，它们往往不是惨烈对撞而更多是搅拌、掺杂和融合在一起。孟醒石仍有着“耻感”“不平”“孤愤”“血性”以及残存的“历史记忆”的颗粒，而这也是诗人精神生活的内在之义，“怪石嶙峋，没有一块左右逢源 / 不是在夹缝中，像核桃一样被排挤得爆裂 / 就是身处险境，凌空欲坠 / 孤独面对万丈深渊 / 这深渊也是由无数石头堆砌而成 / 如近现代史，壁立千仞，只给读书人一线天 / 苟活，苟活，苟活，还是 / 把这一线天当作弓弦 / 把自己当成响箭”（《响箭》）。

3.

由此，诗歌中的空间、场景以及物象就不再是中性的自然化的直感，也不是流行的伦理化的社会学镜像的道德碎片，而是具备象征效果的“功能之物”——

在喧嚣的三岔口，驻足 / 等车流通过。赫然发现，对面高楼的外墙 / 画着一幅长江水系图 / 精确到每一根毛细血管 / 走近了再看，原来是爬山虎的叶子落尽 / 只剩下虬曲蜿蜒的藤 / 寂静的冬日，残荷干枯，茎秆挺立 / 莲蓬焦黑，倔强赛过八大山人 / 槐树驼背，站在风雪中 / 哮喘，剧烈咳嗽 / 震落几点败笔，洁癖不输倪瓒 / 榆木哪怕满身疙瘩 / 也紧抓着树根，在黑暗中撰写石头记 / 原来每一种生物，都有一支生花妙笔 / 在茂盛的季节，藏锋。繁花落尽 / 举世荒凉时，

才显现出来 / 最令人羞愧的当是史笔，那是鸟儿 / 衔来干草、树枝、草根、羽毛 / 混合着唾液、鲜血、泥土 / 一笔一画 / 在树梢上，在危檐下，在悬崖边 / 筑的巢”（《藏锋》）。

这首《藏锋》正体现了去除表象的浮土、枝蔓之后的精神还原和直取核心的过程。这些“物象”“场景”和“空间”就具备了象征意味和寓言化色彩，从而成为“拟像”“拟场景”和“拟空间”。它们是精神元素和生存的根底，因而也避免了时下中国诗人过于胶着于“现实生活”的庸俗化写作的危险，从而携带了超拔性和间离感。这也正是诗人认知自我和世界的独特精神法则，“仰望的人，生出刻碑之心”（《临帖》）、“深渊也是由无数石头堆砌而成”（《响箭》）。

诗人要完成的这一“还原”工作确实非常必要，但又异常艰难。这种“还原”首先体现为对词语与事物之间惯常意义上的能指与所指之间关系的重新观照和深度打量。诗人由此直接呈现和打开了词语与事物之间最为本质和原生的体验性和想象化关联。当诗人还要将时间体验和生存境遇还原为整个时代的精神过程，那么他不仅要做类似于加法的工作——不断添加那些具备精神势能之物的重量，而且还必须进行减法式的工作——去除、摘除、剔除那些时代的赘余物。换言之，这一精神法则在愈益复杂和分化的现代社会面前已不可能是“独活”式的，也不可能再是纯粹化的抒情和幽闭式的“参天悟地”，“社会人”身份在现代诗人这里占有了越来越多的位置。

我们听到了一次次从时间之井中打捞记忆的空旷回声，这也是类似于谢默斯·希尼式的“一个自然主义者的死亡”。这些个人环境中的日常器具或细微之物显然已经具有了象征功能，而这一象征功能是与个体时间和命运不可分割地胶着在一起的——

然而，这一切不过是幻景
真正与我关系密切的是农作物
以及小时候，我担水时
在井口摔倒，双手抓住的大片苔藓
——《苔藓》

即使是“收音机”“苔藓”“水缸”“梯子”“锯末”“莲藕”等这样的极不起眼的“小玩意”“小物件”，在孟醒石这里也具备了凡·高笔下破损的农鞋所携带的精神内里和召唤结构：“三十多年过去了，我忽然明白 / 收音机，这一命名，暗藏天意 / 它们真的把声音都收走了 / 像一个个骨灰盒，静静地停放在灵堂上 / 收走了一位位老人，带走了很多秘密”（《收音机》）。

孟醒石的诗歌确实在一定程度上印证和践行了当年陈超先生曾经提出的“用具体超越具体”的写作策略，“运思图式或许是这样的：‘具体—抽象—新的具体’。所以，‘用具体超越具体’，不是到达空洞的抽象，而是保留了具体经验的直接性和鲜润感，又进入到更有意味的审美境界”。确实，孟醒石对周遭之物和日常之物越来越具备了情感和经验上的同感和共振，投注了越来越耐心的驻足和凝视，但是传统意义上的“经验之诗”和“物感写作”显然已经不再具备足够的异质包容力以及适度而必要的精神意志和想象力。因此，诗人总是要通过角度、筛选、变形和抽离来完成“物—人—词”的必要阶段，只有如此，一个人的日常经验才能转换为生存经验和言语事实。

2020 年 5 月 10 日母亲节改定

目录

第一辑　云获鹿

第二辑　山封龙

第一辑

云获鹿

001—058

充盈

雨后，走在上庄镇的夜色中
风吹过我，身体感受到
瓷器出土之前的沁凉

年少时，见到空空的梅瓶
总有一种往里面灌入烈酒的冲动
而今，见到空，就空着吧

时间已经不多了，可我还是愿意等
等梅花盛开，等大雪压下来
我们在雪中散步，不折一枝

两个相爱的人，两种空，碰到一起
都会全力避免对方破碎
等黄土压下来，灌入心腹中
我们毫不相干，又彼此充盈

2017.6.2

天书

滹沱河有失眠的病根
有时细流涓涓，有时汪洋一片
爱得不知深浅
鹅卵石有裸睡的习惯
任凭流水缠绵入骨，也不为所动
恨得顽固不化
万物都有改变对方的冲动
在爱与恨之间相互砥砺
又相互消磨
有的棱角尽失
有的犬牙交错
太行山层层叠叠，似经书万卷
又如此残破
月亮常常爬到山顶
低头一页页默诵
表情沉静，神形落拓
我也是读书人，却看不懂天书
只看到月亮时圆时缺
所有的星星，都在同一条河流里
宽恕了彼此，原谅了自我

2016.4.10

活字

月光下，大地铺了一层白纸
失眠的人在白纸上艰难前行
唯有他，没有把冬夜的寒冷，归咎于月亮
唯有他，没有把史书的遗忘，归咎于汉字
唯有他，没有把切齿的恨，归咎于爱

而月亮咬紧牙关跟着他
从他打开第一页，到放下书走出门
不敢有丝毫懈怠
生怕一眨眼，雕版印刷术中
仅剩的几个查缺补漏的活字
跟他跑出去，并肩站在旷野中

2015.10.4

临帖

凌晨三点，惊醒，再难入睡
起床，临孔庙《礼器碑》
拓片极黑，若万古长夜
笔画很白，如门缝
读帖，便是从门缝里看院外
月亮怀揣利刃
翻墙过来
而在白纸上写黑字，就像
光天化日下，从门缝偷窥里面
庙堂内光线昏暗，什么也看不见
冷不防，被伏兵击中
带伤溃退
就这样，我边读帖边写字
变换纠结，不知不觉，天色渐亮
今天的苍穹，依旧是
千年拓片上的一点飞白
仰望的人，生出刻碑之心
不管怎样做，都会伤痕累累

2015.2.17

藏锋

在喧嚣的三岔口，驻足
等车流通过。赫然发现，对面高楼的外墙
画着一幅长江水系图
精确到每一根毛细血管
走近了再看，原来是爬山虎的叶子落尽
只剩下虬曲蜿蜒的藤蔓
寂静的冬日，残荷干枯，茎秆挺立
莲蓬焦黑，倔强赛过八大山人
槐树驼背，站在风雪中
哮喘，剧烈咳嗽
震落几点败笔，洁癖不输倪瓒
榆木哪怕满身疙瘩
也紧抓着树根，在黑暗中撰写石头记
原来每一种生物，都有一支生花妙笔
在茂盛的季节，藏锋。繁花落尽
举世荒凉时，才显现出来
最令人羞愧的当是史笔，那是鸟儿
衔来干草、树枝、草根、羽毛
混合着唾液、鲜血、泥土
一笔一画
在树梢上，在危檐下，在悬崖边
筑的巢

2015.3.12

禁伐告示碑

光绪六年，乡民从旱灾里熬过来
集资修葺龙王庙，在荒坡植树育林
获鹿知县读论语，立禁伐告示碑
善待每一棵树，哪怕树梢上长着反骨
护佑每一片叶，纵使叶脉中流着热血
怜惜每一朵花，要落就落在流水里
“倘有不肖之徒擅自砍伐，严行惩办，决不宽贷”
让万物休养生息
让天堑、悬崖、沟壑、裂缝弥合，与朝廷浑然一体
六百里外的京城，不需要加急
光绪皇帝九岁，还是一株幼苗
看不出草本，还是木本
太后如枯藤，盘根错节
垂帘听政，粘杆处扫净民间疾苦声
康有为二十二岁，像一棵细叶榕
扎根广东西樵山白云洞读书
梁启超七岁，与六君子，星散在崇山峻岭
兀自生长。袁世凯二十一岁，乡试落第
给三哥世廉写信：“不能博一秀才，死不瞑目”
光绪六年，读书人枝繁叶茂，萧墙内岁月静好
距离戊戌变法，还有十八年

十八年风雨，荒山足以涵养成青山
护林人换了一茬，便把斧头打磨成了闪电

2015.6.5

秋收

秋天刚有玉米那么高
秸秆就黄了
很多人钻进玉米地
彼此看不见对方
只能听到高高低低的说话声

我在房顶上看到
秸秆晃动
田野出现一小片一小片的漩涡
那里面有我的亲人
他们一辈子就掀起这么点浪花
其他都是风
是太阳
掀起来的
或者无风三尺浪

2005.9.18

空

六岁那年，我一脚蹬空
从三四米高的梯子上摔下
当时没咋地，翻身爬起来，继续玩耍
半夜，骨头疼醒了，爹娘彻夜未眠
月亮像听诊器，贴着我的胸口
晃来晃去

长大后，仍然改不了踩空的恶习
从空虚到空中楼阁
色即是空，空即是色
幸亏有影子垫底，否则早摔成片段

光阴如梯。昨夜我爬到故乡的房顶
忽然发现，下不去了
谁是那个撤走梯子的人？

在华北平原，邻里之间的房顶相连
我从这家屋顶，转到那家房顶
不知道从哪里跳下去
家家空空如也
只有月光张开双臂接着我

2015.8.9

锣声一响

这辈子见到的第一种行为艺术是耍猴
走江湖的汉子甩响鞭子
猴子们沿着场地转圈鞠躬
讨好每一位观众。为了逗大家高兴
还倒立起来
猴屁股，像旗子一样红
这辈子听到的最恐怖的故事也是耍猴
老校长抠着脚丫子，恶狠狠地说
“那些猴子都是小孩子装扮的！
耍猴的汉子专门抓不听话的小孩
给你们吃药，变成哑巴
在脸上粘上猴毛，身上披上猴皮
锣声一响，集体表演倒立
不听话了，就拿鞭子狠狠抽你们！”
听了这个故事，我经常做噩梦
梦到父母站在人群中，大声地笑
向铜锣里抛硬币，发出阵阵轰鸣
根本不知道，那些猴子其实是他们的孩子
而我眼泪汪汪，哑着嗓子，喊不出声

2013.7.7

落水鬼

月亮就是那块被西西弗斯推到山顶的石头
早晚会掉下来，将黑暗砸一个大坑
这种担心不是多余的。你看
月亮正高速坠落，越来越大
越来越低，即将落在池塘里

池塘中，另一个月亮正浮出水面
越来越近，越来越高
那是落水鬼在推着石头上岸
拯救压在下面的呐喊

五十岁的老蒲，二十六岁的小魏，六岁的梦田
每一个落水鬼都是西西弗斯
当年，他们只溅起一点点水花
一辈子就绽放那么一次，仍努力把涟漪画圆
哪怕最后的结果是椭圆，是阿拉伯数字 0

2015.7.12

收音机

小时候，我有强烈的冲动
拆开它，看看有多少人关在里面
没想到里面全是电子元件
串联成迷宫，干电池腐烂流脓
喇叭上的磁石，吸附着大量铁屑
肯定经历了一场场交锋
究竟谁对谁错？

三十多年过去了，我忽然明白
收音机，这一命名，暗藏天意
它们真的把声音都收走了
像一个个骨灰盒，静静地停放在灵堂上
收走了一位位老人，带走了很多秘密
任凭子孙后代哭泣，扼腕痛惜
也不开口说一句

2016.3.26

苔藓

大树参天，必能通神
每次我发癔症后
奶奶就在国槐的枝干上系一根红绳
将我的命，与植物
捆绑在一起

我膨胀时，感觉自己，如榕树冠盖
我抑郁时，感觉自己，似紫藤蜿蜒
我绝望时，感觉自己，像崖柏枯干
最需要一道闪电劈来，将我点燃

然而，这一切不过是幻景
真正与我关系密切的是农作物
以及小时候，我担水时
在井口摔倒，双手抓住的大片苔藓

2017.6.1

第七感

那时候，井水是透明的
可看见投井自尽的人
月亮是透明的，可看见望月怀远的人
我也是透明的，不回头
也能感觉到后面有人在看我
有时候是王小娟，她的领口隐含两朵花蕾
有时候是魏老师，他的眼睛不容一粒沙子

如今，很多感觉都消失了
有人在我背后捅刀，我也不知道
有人在我前面引路，我也看不见
垃圾污染井水，当王小娟不存在
尘沙漫过月亮，当魏老师不存在
雾霾笼罩华北，当无极县不存在

2016.3.23

耻

乡亲们挖土烧砖，碰到古墓
掘出累累白骨，随手丢弃在路边
画素描的少年，将一颗骷髅捡回家
常常在黑暗中，与骷髅对话
却不敢在明亮的教室
当众发言

这与生俱来的耻感
一直陪伴他进入中年
哄堂大笑的看客越来越多
没有人能像出土的骷髅那样
懂得红薯、土豆、萝卜
天生就带有泥土的羞涩
没有人能像坚硬的骷髅那样
怀念
生而为人的柔软

2017.10.1

雏鸟

寒风已经把杨树修剪了无数遍
只剩下主干和几根粗大的枝条
只剩下一个鸟巢，凌乱的笔画
里面掩盖着什么？

就像一个少年，在课本的空白处
写下几个端正的字
又赶紧用乱线涂抹掉

至今我仍觉得他写的是正确的
至今我仍觉得他是勇敢的
我相信那些字还会飞向远方
在翅膀变硬之前
反复跌落枝头，反复被自己绊倒

2019.3.1

洗白

我把一件件脏衣服
扔进洗衣机
波轮转动，产生一个又一个旋涡

昨天的我，前天的我，大前天的我
都在旋涡中挣扎、纠缠、翻滚
直到变成一股汹涌的浊流

如果不洗，不知道自己有这么脏
而洗白之后，我的热血、体味、冷汗
竟然都成了下水道的排泄物

肯定有什么不对的地方
一件件衣服，吊在晾衣绳上，空空荡荡
风干的过程，如此无助，如此恐慌

2017.2.7

逆行

器物之美，在于手工
淘洗、拉坯、绘画、雕刻、烧结
黑陶之美，在于镂空
让光线照进幽邃的内心
人到中年，在于通透
接纳风雨，也接纳筑巢的燕子

我的余生，偏要逆行——
熄灭炉火，抚平刻痕，擦掉画迹
停止拉坯，不再淘洗
一步步，从黑陶返回胶泥
在黄河故道，和那些白骨埋在一起
你中有我，我中有你

2017.4.17

早春

早春，午后的风呈流线型
傍晚又变成锯齿状
吹过我时，锯末飞溅
我怀疑自己是一棵树
藏着四十圈年轮
——一个巨大的旋涡

早春，白天的太阳呈放射状
落山时又呈锯齿型
圆形的合金锯片，切过我的头顶
发出凄厉的响声，立即报废了
我怀疑自己脑袋里
藏着一枚铁钉。生铁遇到合金钢
狭路相逢勇者胜

2019.3.3

扑棱

一只麻雀沿着空调管道孔洞
闯入书房，再也飞不出去了
叫声比平时加大了几倍
高亢，哀婉，动听

因为它一直在不停地挣扎
冲撞，对抗
妄想突破牢笼，重返蓝天

正如诗，从被写入汉字的那一刻起
间架结构中，就会传来
翅膀急促的扑棱声

2019.9.17

枯木

雪，本应降临在寒冷的冬季
长久保持洁白
却提前落在温暖的秋天
瞬间融化成泥
急切地讲述，得到的往往不是理解
而是羞辱
人近中年，依然陷在百般羞辱中
大千世界，没有人听你辩解
最终成为沉默的大多数，匍匐前进
最终成为一段枯木，泡在沼泽中
当仙鹤落在上面
枯木流出鳄鱼的眼泪——
哭，是因为仙鹤舞姿之美
令万物都有表白的冲动
哭，是因为身处泛滥的尼罗河
必须保持沉默
什么也不能说
只要说，便是错

2016.2.22

破竹

当年我的手指像竹节一样纤细
敲击键盘的速度
赛过窗外的骤雨
倾诉，呈现一种湿淋淋的翠绿
如今，阴霾持续
演变成闪着寒光的秋雨
每一滴，都是一把双刃剑
仰头对天呐喊的人
用生命表演吞剑杂技
影响的焦虑
从物理深入心理
我的双手冰凉僵硬
长久写不出一个字
只能低头不语
天下大势，势如破竹
逆势而行的人，迎刃而上
难免被破成竹篾
也许写作就是以竹篾编篮
也许沉默就是用竹篮打水
眼看着热闹的尘世
被秋风
编制成一张凉席

2017.10.19

夜读萧红

凌晨三点，还在读书的人，陷得最深
竟然从太行东麓的丘陵地带
沉到黑龙江底，混迹于冰层下的鱼群

只有化作一条鱼，才懂得鱼类的无言
《呼兰河传》每个字都是一枚鳞片
一行行参差排列，闪烁着令人战栗的寒光

作者留在尘世的脚印
也呈鱼群状，逆流而上，在风中消散
夜读萧红，目光如刀
就是身为一条死鱼，给一条活鱼刮鳞

2016.3.11

墙

早年我常有以头撞墙的悲愤
如今整面墙已经被书架遮挡
一本本书，似乎起到了缓冲作用
惊雷滚来，也被消解为舒缓的鼾声
其实，那堵墙依然存在
甚至变得更厚
一架架图书，和我的阴影
已经成为墙体的一部分
我翻书时
留在纸页上的泪水、唾液、冷汗
也成为砖缝溢出的斑痕
阅读塑造了我
我单凭兴趣，信手拈来
一本本书，读到今天
却成长为自己极力反对的人
面对满墙的书，如同面对沉重的自身
我该怎么办？重新写作
破墙而出？还是继续深陷阅读
打开一本书
如同打开一扇走向妥协与和解的后门

2017.6.21

鼠疫

天鹅因弯曲脖颈而优美
老鼠因长出虎牙而疼痛
小县城的高级中学，如阴冷的红薯窖
上铺兄弟的磨牙声，总使我难以入睡
少年骨骼清奇，应似白刃锋利
是什么让我们不断生长，又不断消磨自己

对邻班女生，河堤垂柳
望眼欲穿，将墙壁打了一个洞
老师守在洞口，猫眼闪着绿光
猛扑过来，以雷霆之势
防止鼠疫大面积发生
该发生的还是发生了
冬天没有蚊虫叮咬，却有流言飞沫传染

原谅星星的鼠目寸光吧
连月亮都在夜幕上战栗
数学的逻辑，难阻化学的反应
物理的贫穷，难掩生物的变异
啃咬榆木疙瘩，啃咬高压电缆
令我们羞耻。唯有啃咬
隐藏在鼠洞中的课外书，五谷杂粮

让我们知耻而后勇

一场鼠疫，不会造成终生免疫
未来的日子里，苦苦挣扎
也难以摆脱能量守恒定律
即便偷吃咸盐，成为会飞的蝙蝠
依然倒挂在城市上空做梦
谨小慎微，宛如弃婴
黑暗的铁丝，弯曲成老鼠夹
冷不防，“啪”的一声

2016.3.5

油印年代

雷雨打透了夏天
夜色散发出一股黏稠的油墨味
我躺在床上，像一根墨辊
翻来覆去
少年时代的只言片语
又复印在心底

那时，小造纸厂、小皮革作坊
已经在麦田扎根
木刀沟暗流涌动
切割着无极中学北校的后墙
土坯坍塌，沉渣泛起，异味扑鼻
我们和芦苇、蒲棒、稗草一起
野蛮生长

几个年轻的老师
满脸羞涩，被发配到这里
喝醉酒后，就和我们称兄道弟
谈论早恋与暗恋的艺术逻辑
就是没有逻辑
“授人以鱼，不如授人以渔”

教我们创办文学社
油印校刊《窗外》

唯有我们这些农村少年晓得
大地如钢板一块
爱似蜡纸轻薄
我们以铁笔刻画，用火焰纠错
也无法道尽荷尔蒙的困惑
表达之难，再证耻辱之深
我们说了很多，又等于什么也没说
没有订书器，就用针线
一本本装订成册

在我们笔下
垂柳轻抚，河水澄澈
芦苇丛中出现了一只只白鹭、丹顶鹤
在沼泽栖息，在堤岸放歌
展翅高飞，掠过一个个旋涡
这绝对不是谎言
也不是历史、当下和未来
但肯定在某一个平行的世界存在过

2017.6.9

大撒把

一辆快要散架的二八加重破自行车
与十六岁的我重新结合为一个整体
脊椎匍匐下去，成为自行车横梁
嘴巴张开充作铃铛
与课本无关的链条驱动朝阳和落日
与青春有关的齿轮在飞驰

以为扒着拖拉机就能超越自我
以为靠左脚触地就能在错误面前急刹车
尾随某个女生，在黑板上画出
两条没有交叉的抛物线
又被老师当作反面教材重点分析

在大撒把中平衡理想与现实的紧张关系
在倒栽葱里体验成绩与人生的浑蛋逻辑
当时暗自庆幸
如今肠子都悔青了，上帝这个庸医
竟然早早地把我那截正常的阑尾
像气门芯一样拔去

2008.7.21

新龙门客栈

在武侠片时代
太阳都会轻功，纵身一跃上了屋顶
少年都会打架，跟家长对着干
在老师背后练习倒立
在女孩面前表演“白鹤亮翅”
对于他们来说，县城就是荒漠
学校就是立于荒漠之上的龙门客栈
高考之前的冬季太漫长了
需要一种高速的堕落来温暖
于是他们白天溜出教室，躲进昏暗的录像厅
傍晚把守校门，抢劫女生的初恋
凌晨翻过墙头，偷光父母的粮种钱
与地痞谈交情，对流氓讲义气
混淆是非，无论黑白
老师已经绝望，对他们放任自流
家长更是泪尽油干
他们是农民的逆子，社会的弃儿
没人能把他们从窄银幕中找回，使他们迷途知返
只有恳求时间——这个美人
出手，直接把这些英雄少年
从二十世纪九十年代初解救出来
放到上有老下有小的中年

2008.3.22

恕道

铁丝上晾晒的旧棉被
像露天电影的幕布
一阵风吹来，我看到年少的自己
正在幕布上摇晃起伏
白天，为暗恋的女生打架
深夜，蒙住脑袋痛哭

脊髓中，有一条蛇
受情欲迷惑，正吞噬自我
胸膛里，有一只刺猬
当真爱来临，却吓得蜷缩
床单被罩上
浸透青春的血迹和汗渍

当我收起棉被时，像扯下幕布
压在箱底二十多年的棉被
晾晒半天后，生猛潮湿的气味
竟然消失了
原来，阳光也含有一种恕道
唤醒困兽，将它们一一放生
独留棉花饱含往日的醇香与温情

2019.11.1

抽离

雪，带来肃杀的寒冷，也暗藏脉脉柔情
仔细看，每一朵雪花都是未央花
用钩针织成精美的六角形
工艺烦琐而晶莹。何必呢！
雪，落在数百万人口的大城
只不过是一片白，铺在煤黑上
又有谁在意，融化成脏水的宿命
泥泞不堪的二十世纪，却相信纯手工的爱情
那时，漫天飞舞的大雪是马海毛
宿舍熄灯后，女生秉烛
织成长长的围脖，从教育学院蔓延到每一条街
在二环路缠一圈，温暖一座城
那时，男生喉结突出，羞于表白
更不敢面对一双毛衣针似的眼睛
他独自走到向阳车站
搭上返乡的长途汽车，看到环卫工
正往积雪的伤口上撒盐
车轮像卷轴滚过，将一根根白毛线
从城市抽离出来，缠成一团
路面，留下空空的黑车辙

2015.2.20

火柴

那时候我特别瘦，脑袋很大
身子很细，像一根火柴
划过青春，像划过火柴盒侧面
一晃脑袋，就能把情书点燃

如今，再也不敢点燃什么了
也再没什么可点燃的了
我经常拿它掏耳朵

用原本可以发光发热的火柴头
掏出一大片信息时代的耳屎来

2008.12.6

道歉

白天，我们暴露了太多动物的一面
夜晚，我们要早一点成为植物
睡吧！睡着之后，在寂静的黑暗中
纤细的神经就变成粗壮的树根
睡吧！这是通往大地深处的捷径
幽暗的地下水，促使我们生长

还有什么比睡眠更重要的事？
你看，窗外的树都睡着了
枝条轻轻摇晃，那是它们在做梦
一片片新叶在梦中出生
叶脉的构成，都是
仿照大地、天空或人的裂缝
谁能将河流、闪电，以及恩怨弥合？
整个春天，我不停地
给你写信，向你道歉
直到每一棵树都变成一座绿邮筒

2015.5.8

挂科记

九十年代，花有花序，叶有叶脉
新月笑不露齿，你有两颗虎牙
老教授讲《哲学原理》《近代史纲要》
在夜幕上写粉笔字，出现鱼肚白
他如临深渊，如履薄冰
又拿墨汁刷了一遍
字迹更鲜亮了
仍然难以嵌入我心里
我心里只有你
如果我是教授，就把黑板刷成大海的颜色
鱼的记忆只有七秒，而大海永远不会忘记
纵使怒浪滔天，裂帛声急

2015.9.19

底片

叶子一旦出现黄褐斑，就无法再修复
用细雨保湿，用白雪滋润，只能加速衰老
即便从去年秋天，硬撑到今年春天
仍然会被新叶挤下枝头，流落风尘
苍天为何连一片柔弱的叶子也不放过?

因为每一片叶子都是时光的底片
从叶脉的肌理，可测绘河流的纹理
可探究闪电的药理，可研析大地的病理
而大地顽固不化
唯有疯狂推陈出新，才能掩饰不安的心理

2016.4.1

纸与刀

女生宿舍楼刚刚落成
外墙贴着新瓷砖，光洁、明亮、干净
像贴了一张张白纸
美术系的男孩，每天晚上
准时来到楼下，仰头向上呼唤
让月光把自己的背影画在上面
直到所有的白纸，都画满速写

二十年过去了
那栋楼还伫立在青园街口
外墙上，一片片瓷砖，灰暗、破旧、冰凉
像一把把生锈的菜刀，悬在半空
每次我路过那里
都被拍得碎裂不堪
一块块黄瓜，清清白白，汁水飞溅

2015.9.13

征途

一滴水脱离大海，就会被迅速蒸发
可是依然有那么多的水滴
在浪尖上跳来跳去

大海的归宿是深渊
水滴的征途是蓝天
在蒸发的过程中，摆脱集体的盐

哪怕只有十四亿分之一的机会
也要从万米高空跳下来
进入一个人的泪腺

2017.10.2

听雨

深夜，我忽然听到一个男孩
在女生宿舍楼下叫喊
声音向上走，与淅淅沥沥的雨相反
他的喉咙嘶哑，声调高过了雷鸣
穿透二十世纪九十年代
还是没有人回应

如果雨再大些，闪电
像一根根绳子，从天幕垂下来
他会毫不犹豫沿绳子爬上去
爬到乌云上面，看看
被亵渎过的月亮
是否依旧咬着嘴唇，不发一言

2015.6.4

那年

大片大片的城中村，还没有拆迁
杨树很高，天际线很低

街道很窄，却有容身之地
路灯很暗，并不感觉恐惧

地摊儿上的劣质白酒，激发出高纯度的爱意
她脸色红润，说话声音纤细，锁骨在战栗

不是我不动心。是月亮，像个大电灯泡
在我和她之间，晃来晃去

一会儿是我的兄弟，一会儿是她的闺蜜
照得我们非常心虚

2015.10.30

古战场

凌晨两点，大股寒流从太行山上下来
在西三教村，遭遇小股暖流抵抗
下山虎碰到地头蛇，瞬间厮杀起来
夜空布满冷兵器，城乡接合部变成古战场

已经扎根的树，被连根拔起
刚落脚的砖瓦，被掀翻在地
师大新毕业的月亮，穿着白纱裙，四处躲藏
在小胡同里奔逃，误打误撞，钻进我的被窝
啊！青春真美，肌肤润滑，又如此慌乱，冰凉

2015.10.2

静物

桌布被她掀起来，很多东西散落到床上
早晨起床时，被子没有叠。粉绿色的棉布被罩
浅蓝色的褥子，残留着他们的身体
在昨夜就已经降低的温度。被窝的一角
有他蹬开的口子。他说热。于是，他背转过身

现在他出门了。她忽然想起什么
她忽然想起什么就把桌布掀翻了
那些杯子、苹果、香蕉、陶罐、盘子，还有一把水果刀
明晃晃的，散落在床上

幸好没有什么破碎
幸好他不在家
等他从外面回来，她已经出去
床铺已经整理，一切恢复了往常。他打开灯
坐回椅子上，看到了一个苹果
一个有着她牙齿痕迹的苹果

2003.4.10

城中村

十年前，省城的地面还没完全硬化
进城卖鸡蛋的小夫妻，把对方揣在怀里
即使跌倒了，也不会破碎
在他们的争吵声中
我和女友探讨生活的意义
当我们对天花板脱落的现实
无比绝望时
隔墙传来床板与支架
欢快的喘息声
这就是我曾经租住的城中村
污秽与生机同在
身体最柔软也最蓬勃的青春
当时的街道都是黄土路
下雨之后遍地泥泞，牵着手走过
积水刚好漫过初恋的脚踝

2007.8.8

小气候

桥西区大雨滂沱，桥东区阳光普照
高楼广厦，像一把把玻璃刀
直插云霄，将大城市的天空分割成
无数小气候
你脸上彩虹烂漫，我心头城池内涝
从天而降的雨
闪着亮晶晶的玻璃碴
谁敢光着脚丫出门
就能回到二十世纪

二十世纪九十年代
这座城市的天际线，紧贴着棚户区
春风来时，不会有任何阻力
想吹到哪里，就吹到哪里
你和我都处于同一种大气候下
除了爱，一无所有
除了青春，一无所依
残月，还不会在我们背后捅刀子
乌云，还不会跑马圈地

2016.7.15

西江浩荡

假如我现在辞职，受打击最大的是母亲
在她心目中，无所事事的青年等于恶棍
再恶又能恶劣到哪里？难道时光倒流
让我回到二十一岁，重尝那些屈辱和不堪？

大学毕业第三年，我曾辞职南下
浪迹粤西山水间，骨骼清白，身影孤单
像一根筷子，寻觅另一根筷子
再找一个饭碗，可周围都是水泥电线杆

西江浩荡，一泻千里，不愿停下来
分一杯水，给我这个北方人煮饭
我站在岸边，望着沸腾的江水
泪如雨下，每一根骨头，都成了刀削面

2015.11.30

黄浦江畔

在黄浦江畔，上海大学保持着一贯的安静
以便能够听到市声、涛声和鸟鸣
水杉入云，樟树参天，香味向内敛
只有早起的人，才能闻到
操场上，两位老教授一边慢跑晨练
一边用上海话谈论："铁打的校园
流水的师生"。于右任、蔡元培都成了历史
只有绿荫与鸟儿，是这里永远的主人
而流浪猫是不速之客。先被人当作宠物
随后又像过时的教义，被人随手抛弃
三五成群，寄生在大学校园里
偷食生活垃圾，自由恋爱，繁衍生息
谁的青春不迷茫？噢，家国，爱情
流浪本是动物的天性，遗忘才是人的本质
那些被我们一一抛弃的事物
都曾让我们热泪盈眶，或眼神迷离
怎样才能避免重演上一代读书人的悲剧？
在上海大学，善待流浪者是必修课
月亮也是一只白色流浪猫，躲到树杈上
怯生生看着，一代代青年，若过江之鲫

2016.1.1

拜谒宋教仁墓

二〇一五年最后一晚
在上海大学跨年
与师友纵酒联欢，琴瑟琵琶，仍无法释然
回宿舍整理旧稿，魑魅魍魉，竟一夜未眠

元旦早晨，步行至闸北公园
谒宋教仁墓，寻片刻心安
见先生雕像，坐在高处，沉默不语
以手托腮，思考了一个世纪

我只熬了一个通宵，就感觉眼睛艰涩
身体轻飘，如曲笔，难画庄生之蝶
先生横眉，以直笔，尽抒渔父胸臆
一百年没睡，还有泪水，力透纸背

陵墓穹顶之上，石雕雄鹰，展翅欲飞
一条毒蛇，死死缠住了它的腿
幕后元凶成谜，先生遗志未竟
像伸向毒蛇的雄鹰之喙，停在半空

2016.1.9

齿痕

恒温的人，体内也有春夏秋冬
也有二十四节气
立春之后，便是雨水
雨水之后，应是惊蛰
大雪，却不合时宜，突然降临
从太行山一直下到我的五脏六腑
里面暗藏的冷血动物
刚苏醒过来，又缩回巢穴
所谓胸怀，不过是白茫茫一片
所谓青春，不过是几个爪印，一条齿痕

2017.3.9

隧道

火车绕过北京，擦着火花向西
钻进一个个隧道，明明灭灭之间
我看到沿途苍翠的山，峭壁高悬
看到山间隐现的村舍
看到永定河像炊烟一样消散
忽然想这些隧道是什么时候开通的呢？

如今我已经到了更为陡峭的年龄
理想与现实之间也隔着太行王屋二山
如果不能将它们推开，就应该穿越
谁又在我的脊髓中开凿隧道
把我掏空？唯有时间
能让我逆流而上，让痛苦顺流而下

三日后返程时，正值夜半
同伴大多都睡着了
有小孩在哭，有情侣在缠绵
有民工在玩牌，有乘务员在虎视眈眈
小车厢也是大社会
我看到不同时期的我，挤在同一列火车上
集体从星空这个巨大的隧道里穿过

2008.6.5

火车在深夜

火车在深夜
穿过城市也穿过坟地
火车穿过城市时放轻了脚步
偶尔还停下来
火车穿过坟地时加快了速度
鸣笛为自己壮胆

其实受惊的是沿途的灵魂
既有生者的灵魂
又有逝者的灵魂
那么多的灵魂追着火车跑
从城市到乡村
从旱地到水田
火车的速度时快时慢
混迹旅客中的灵魂
越来越多

多亏灵魂没有重量和体积
多亏旅途和夜晚都有尽头
多亏火车能上能下
停靠大站也停靠小站
否则那么多的灵魂和肉体挤在一起
会严重超载

超载的夜晚惯性巨大
加速时睡着的事物
又在减速的声响中惊醒
——天亮了，到站了
生者的灵魂返回梦境
逝者的灵魂转乘汽车

2006.6.8

过山车

远处，火车的鸣叫
就像我时断时续的脑神经疼
再也不能在深夜里久坐
我被一种心慌的灯光感染了

平躺在床
衣服上的拉链就是铁轨
轰隆隆
有一列火车正向我的额头驶去

我还得等它返回
等它载上二十世纪九十年代
那个忧郁的少年
向我开去
直到它挺立起来
变成一辆过山车

2004.6.9

辽阔

亚洲辽阔，还有那么多人，找不到安身处
铁轨狭窄，还有这么多人，一条道走到黑

只有在陌生人群中，才踏实
只有在咣当咣当的火车上，才睡得香

在冷眼中，吃热水泡面
在南腔北调里，东奔西闯

小扁瓶二锅头，舍不得喝
只用舌尖轻轻地舔，仿佛在尝苦胆

体内的苦水，也逆流而上
从右心室，流窜到左心房，直至口腔

强忍着，绝不吐出来，像太行山一样
喉咙里能容纳几十列奔跑的火车

2016.5.20

早晚

向上的白杨，早晚会戳穿乌云的黑袍
这一点，我毫不怀疑
只是寒流将继续下行
叶子很快会被洗劫一空

大雪趁机降临，以洁白自居
道德的说教，纷纷攘攘，又能遮蔽几时？
其实，它更心虚，早已暗暗融化
早就汗流浃背，早晚泥泞不堪

耐心等待，冬天早晚会过去，万物复苏
莫怪春雷沉闷，短促，拙嘴笨舌
闪电一次次分裂自己，不过是
像树根一样，把光明种进泥土深处

2015.12.12

倒时差

孤独的孩子，乘坐纸飞机旅行
穿越少年、青年
在云阵上翱翔，在雷电下俯冲
机翼被火烧云引燃
仍在半空盘旋
不愿意降落下来

这些日子，我不断梦到故乡、异乡、他乡
梦见你，你，你，还有你
我把一封封情书，叠成纸飞机
“收到了吗？”没有人回答
理想的机场，成了船坞与海港
姑娘们都在中年的人群中消失了

我也没有站在原地，而是躲进世界一隅
每天上班、下班
耳膜不时出现飞机起降时的轰鸣
导致我情绪低落，动不动，万念俱灰
有人问我：“怎么啦？”
“我每天——总在——倒时差。”

2015.9.4

心照不宣

一片叶子站在梧桐枝头
历经万劫挨过漫长的冬天
春风轻拂，却掉落了下来
枯黄的叶片，动作那么美
像少女从高台上跳水

记忆有着叶脉状的纹理
越枯萎，思路越清晰
落叶最好的归宿
是像书签一样，夹进经卷
与深爱的文字心照不宣

断崖上的月亮，常感觉眩晕
如果向后翻腾两周半
便能重返少年
它也会跳下去

可是尘世，不再是如镜的湖面
遍地钢筋水泥
跳下去，意味着硬着陆
不会溅起水花，荡起涟漪
而是，月光，碎了一地

2016.3.1

第二辑

山封龙

夜晚

一只老鼠将黑夜咬了一个窟窿
另外一只也从中探出头来
星星闪烁，蟋蟀鸣叫……

没有夜晚的大地该是多么危险
像一个家庭突然没了父亲
寡妇的美丽和孩子的脆弱
都暴露给了其他人

2004.11.29

太行山

究竟看到了什么？使太行山如此惊愕
张开了口就再也没有闭上
村庄只是嵌在它牙缝里的韭菜
在太行，没有一个季节能够真正温饱
不管从哪个方向吹来的风，都是
容易引起饥饿的新鲜空气
我行走在羊肠道上，周围的山谷
是一个又一个巨大而虚空的胃
而不是心脏。所有的心脏已经缩小
被零星的柿子树高挂起来
熟透了，就纵身一跃，跳下悬崖
仅有个别被溪流接住
溅起水花。在此之前
溪流产下了无数颗卵石
若有足够的时间和温度孵化
或许会诞生另一个坚硬的我
而不是现在：
我爬到山顶，因为陡峭
再也下不去了。难道它也不放过我？
眼看暮色将一切吞没
我忽然明白，太行山也是苦命的人
夜空满是它被人打碎的上牙

2005.1.29

树荫

这些树也是我的穷乡亲
见了面就向我打招呼
它们绿给我看
它们黄给我看
它们脱光了上衣给我看
每一棵都青筋暴露，瘦骨嶙峋

我却不知道它们是谁
搞不懂我们之间有啥亲戚关系
它们都参加了我祖父的葬礼
一棵树高举着灵幡
三棵树披麻戴孝
五棵树跪倒在夜色里，大声哭泣

据说有一棵树是祖父栽的
据说有一棵树还把母亲搂在怀里
据说有一棵树见证了我的出生
据说我曾骑在一棵树的脖子上
据说树干上还有我刀刻过的痕迹
据说我长得越高树荫就会越低

2006.11.2

夜路

奶奶说，四十五年前她就到过那个小站
从井陉到藁城乘火车
从藁城到后北焦徒步走四十里
背着两岁的女儿
天色暗下来，女儿被头顶上舞动的树影吓哭了
狠下心来接着吓唬她，再哭会把狼招来
那时平原上根本没有狼
却有夜猫子、杂树林、荒坟、磷火

那时我爷爷是煤矿工人，他挖到了地下十八层
二〇〇五年的麦收季节，他又到了天上十八层
他没有受到祖先被土葬的待遇
在下葬之前他已彻底燃烧干净
装进骨灰盒深埋沃土中
再也不能发出磷火来警醒夜路人

2006.1.1

蚯蚓

一踏上家乡的土地
我立刻成了软骨头，像一条蚯蚓
情愿弯曲成任何形状
对生者点头哈腰
对逝者双膝跪倒
这样做，其实还远远不够
如果明月如钩，我情愿做一条鱼饵
如果残阳如血，我情愿被两只麻雀来回撕扯
而父母却不情愿
在他们眼里，我仍然是泥土中最柔弱的部分
混同于小草的须根

2007.2.15

曹冲称象

北方人不习水性，但我懂沉浮
不管身处清水浊水，我都会自然下沉
半瓶白酒又能让我浮起来
像一头大象，不知道自己几斤几两
但我知道，泪水的浮力远大于白酒
我的泪很少，有时仅一两滴
香油一样，不溶于清水，也不溶于浊水
我的泪很少
不愿与他人对饮，只喜欢独酌

2007.2.13

幻听

干旱的年代，水塔凌驾于村庄上空
头顶插着避雷针，挂着四只高音大喇叭
每天向八方的乡亲，传达着风雨声
大人们在喇叭的聒噪中猜出哑谜
孩子们从美梦里惊起
一天晚上，高亢的喇叭声中
夹杂着一阵悲鸣，令人不寒而栗
奶奶说，那是猫头鹰
在水塔之上落脚安家了
“不怕猫头鹰叫，就怕猫头鹰笑。”
猫头鹰的笑声，使大喇叭变得狰狞
鹰钩嘴竟敢挑战带电的扩音器
生产队长不信邪，砖窑场却接连出事
砸死四条壮汉，谣言乍起
吹皱漫天火烧云，村庄弥漫在恐惧中
乡亲们把集体的不幸，归罪于这一只鸟
三番五次，组织突击队
举着火把，爬上水塔驱赶
却从未见过它的真容
幽灵的叫声，仍不断出现
直到喇叭喑哑，水塔响起欢快的流水声

如今，猫头鹰在冀中平原早已绝迹
我仍然时常听到它的笑声
难道是乌云展翅，引发的幻听？

2015.10.6

抗生素

上苍不会亏待任何人
我体弱多病，就给我一位当赤脚医生的父亲
故乡症瘕积聚，就给它一个比护士还美的月亮
月亮的脸时圆时缺，我的扁桃体经常发炎
有时浑身滚烫，有时寒冷彻骨
最厉害的那次，不停地抽搐
母亲急得团团转，父亲故作镇定
他熬的草药，越来越黑，越来越苦
撬开我的嘴巴灌进去，依然不见起色……
就在父亲长吁短叹时
一束月光照在我身上，竟然奇迹般地康复
原来，月光是那个年代仅有的抗生素
把很多孩子从死神手里解救了出来
不过
今生今世，必须不断加大药量
才能一次次病除

2015.9.1

失语者

惊蛰的年代，夜夜有小虫子从我身体溢出来
我羞愧难当，总低头走路
见了乡亲也不说话
“读书读傻了，越大越不懂事。”母亲骂我
“抬起头来！遇到街坊
要笑脸相迎，喊大伯大娘。”
我依旧一言不发，头更低了

那些大伯大娘，常在大树下纳凉
如今，他们大多成为树根
健在的人，苍老成树皮
见了面，主动跟我打招呼
说我就是当年那个在树干上刻字的少年
他们宽容我的罪孽，我却不认识他们是谁
哼哈两声，快步逃离

同龄人大多带着孩子，在城里务工经商
遇到难处，也会找我帮忙
饭桌上，一旦谈起家事——
生、老、病、死
我便成为失语者
闷头喝酒，直到把自己灌醉

唯有国事、天下事，是共同的话题
可这些事，不是星星能左右的
月亮再圆，又能怎样？

2015.8.20

旺盛

走进老家，目瞪口呆
真不知道那些野草怎么翻墙进了院子
深深扎下了根
它们比少年时代的我
更放纵
牵牛花爬到了房顶上
狗尾草钻到了床底下
蒺藜埋伏在车辙里
苍耳贴到了花窗前
灯笼果上了影壁
马齿苋占了猪圈……

在我离开的日子里
野草以不断生长的方式
填补了我记忆的空白
重塑了过去，还要创造一种未来
比我的少年时代
还要荒芜，还要旺盛，还要自在

2020.1.30

灰烬

收拾旧物时，在一册泛黄的作业本上
我发现小学老师几行批语
笔迹蓬松杂乱，像麦秸堆成的柴火垛
早已彻底干透，点火就着
吓得我赶紧把手中的烟头摁灭
生怕老师从背后重现，拿我小题大做

那时候，我和小伙伴们在柴火垛里挖洞
把弹弓、飞镖、链条枪藏在里面
怀抱着港台明星画片酣睡
哪管老师满头大汗，四处找寻

那时候，我的胆量特别大
敢于从高高的房顶上，一跃而下
正是因为，我相信下面有柴火垛接着我
哪怕只剩，一堆灰烬

2017.2.17

黑火药

“读书有用吗？”邻家哥哥
撕下初中课本的书页
在长板凳上搓成一根根纸管
再往里面填充一些黑色的粉末
到旷野中点燃。“嘭——”
纸管飞到天上，又凌空炸响
印满铅字的碎片纷纷落下
有一种崩溃的美

我们一群小伙伴，在旁边围观
追问粉末的来源
哥哥怕我们效仿
谎称：“从大地深处挖的。”
我们也去挖
坚冰之下，只有冻土
冻土之下，怎么会有火？

人到中年，电话线就是炮捻儿
最怕接到哪位兄弟横死异乡的消息
葬礼上，哭声嘶哑
像粉末在喉咙里燃烧
一根根二踢脚在高空绽放

招回飘荡在外的灵魂
灵魂无形，只有浓浓的火药味

原来，每一个不安分的人
体内都含有硝、木炭、硫黄等黑火药的成分
高处的诱惑太大了
明知上升的梯子已经被撤下
粉身碎骨，也要把自己送到云端
哪怕肉体和灵魂分离
一半在地上问，一半在天上答

2016.9.26

空巢

鸟，没有国，只有家
鸟的家在树上。而树，有国，也有家
漫山遍野的树，属于北国
属于太行山民

玉兰、海棠、杏花、梨花，次第开了
鸟还没有从南国回来
梧桐、杨树、槐树、榆树，即将吐绿
空空的鸟巢，在光秃秃的枝头，特别显眼

越往深山里走，空巢越多
很多村庄都是空的，青壮年远走他乡
只留下老人和孩子
互为彼此的家和国

等枝繁叶茂，能够挡风遮雨了
鸟就会跨过一条条分界线
不远万里飞回来
在此产卵、孵化、教养下一代

等整座太行山，被浓密的夏天层层包裹起来

这些老人、老屋、老村，就看不见了
蛇爬进鸟巢，吞吃雏鸟
盘成一个句号，外人也不会知晓

2015.4.5

滹沱河

滹沱河从太行山上俯冲下来
遇到冀中平原，并没有一泻千里
阻力恰恰来自于松软的土壤
不断地和稀泥
淤积出一片又一片湿地
芦苇丛生，鱼虾杂处
丹顶鹤与癞蛤蟆共同栖息
你伤害了我，我也会原谅你

2018.7.7

鸬鹚

封龙获鹿

白洋淀里的鱼，越来越少了
人们改用网箱养殖，浑水摸鱼

老渔夫躺在医院里
梦见被人掐住脖子，张大嘴巴

满腹心事，却什么也吐不出来
是啊。空有一身好手艺

时光荡漾，积攒了满天星星
到头来，这种镍币已花不出去

莲开盛世，扎根淤泥
不救穷，也不救急

八九只鸬鹚站在老木船上
像一帮穷亲戚，你看看我，我看看你

2013.9.9

狼牙山

在狼牙山，半夜里
我听到山峦、北风、黑暗
三者互相撕咬的声音
原来不仅山有牙，北风也有牙
漫天星辰更是黑暗亮出的钢牙
听着听着，我竟然睡着了
梦到自己也加入战斗

已经好几年
不敢再用牙咬开啤酒瓶盖
不敢再用牙撕碎塑料包装
我的牙，仿佛只剩下咀嚼这一个功能
不再咬牙切齿，不再龇牙咧嘴
更不会恨得牙根痒
只是偶尔牙疼，上火

而当晚，一个怯懦的人
竟然克服岁月累积的恐惧
将压抑很久的怒火
发泄在它们身上
竟然武装到牙齿
与之搏斗了一个晚上

次日早晨，一切如常
仿佛什么都没有发生过
原来，山峦、北风、黑暗等
整个世界，也像我一样
都是时间的手下败将
咬碎银牙和血吞
假装从未受过伤

2015.10.14

地下水

从农村到城市谋生的青年
有柴油机般忐忑的心
却无水泵之沉潜
不能一头扎进故乡的深井中
将那些沉默多年的地下水
抽上来，灌溉几亩麦田

那些水，居于村庄之下
由世世代代埋葬的灵魂沥出
清澈、干净、冰凉、刺骨
而如今，水泵都已进入老年
即便开足马力，仍有太多地下水
如沉冤，难见天日

但它们流淌过，汹涌过，澎湃过
寻找过各种出路
有的甚至沿着树根，抵达过树干
——锯开之后，可见沸腾的年轮
飞扬的锯末，落在舌尖
有九分苦，有一丝甜

2015.10.1

万物均有自净能力

我不希望自己与故乡有同样的命运
地图上，无极县位于首都正下方五百华里处
既无丘壑，又无块垒，一贯温和恭顺
一只癞蛤蟆就能吞噬破蛹之蝶
一只芦花鸡就能遏制螳臂挡车
如此这般，进入平庸的中年
记忆里总有农药残留

而父亲却认为，万物均有自净能力
芒种后，他用收割机给麦田剃了个“板寸”
只剩下一棵孤零零的杨树，像冲天小辫
大地一下子年轻了三十岁
我可以俯身与它一起玩耍
把月亮当成玻璃球，弹到天上
在星汉中远遁
把黑夜当作戏匣子，竖起耳朵
听风雨来调频

2008.6.19

江山如画

这些年，我总在风中不停地奔走
从梦境到现实，从海市到蜃楼
头发竖起来，像一支毛笔
饱蘸着雨水在天空练习泼墨

乌云越积越厚，布满整张宣纸
留白越来越少，时间已经不多
剩下的部分，不能再恣意妄为
很多细节，还需要耐心雕刻

年龄越大，思维的线条越发粗拙
记忆深处露出飞白，像瀑布
飞流直下，我以为能逆流而上
没想到，旋即便被汹涌的往事冲落

好在还不算一塌糊涂，还能看清楚
黑的是太行，白的是滹沱
不黑不白的地方是人间
灵魂在那里墨分五色

2009.6.16

登高

脚步太重了，走路时总往下沉
像拔起的树根，狠狠攥着一大堆泥
为了避免被深坑埋没
我登高。妄想
用一身大汗排出体内的脏水
以一次攀缘改变岩石的惰性
放眼望去，深冬的太行山满目萧瑟
杂树林的叶子都落光了，旱情加剧
枝干也没有脱净长期蓄积的泪水
一层层落叶平躺在树下
干枯的杂草，东倒西歪
比老年还疲惫，还无可救药
一个火星却能将它们点燃
引发熊熊烈焰。而我未到中年
便成了一个谨小慎微的人
登高，不过是一步步把火苗踩灭

2015.2.19

灯下黑

奶奶说：“三岁看老
你一根筋，长大后不会有啥出息”
我不服气，把煤油灯挑亮
课本上的汉字一个个飞起来
扑进灯芯中，生生把自己烧死
我的大脑一片空白
鼻子被烟熏得漆黑
期末考试，差一点留级
如今，我仍然是落伍者
不敢离光源太近
而是躲在郊外的小镇
灯下黑的地方
看世间人影幢幢
奶奶，你在天堂还好吗
我们为了活得更容易
已经把那根筋，像炮捻一样抽去
榫卯换成胶水，繁体改为简体
唯有逝者，把树根和野草
拧成灯绳
插在劣质煤油味的黑暗中

2015.6.13

地方志

封龙获鹿

老家的房子渗水了
霉斑爬满墙壁，占领天花板
我抢救出一些旧书和杂物
还有爷爷奶奶的遗像
一起带回省城

三室两厅，一百六十平方米的新房
竟然找不到安放遗像的地方
不敢挂出来
不敢每天面对爷爷奶奶的目光
而放入地下室，又感觉不尊重老人

遗像一直待在纸箱里，从未翻动
直到有一天，我读书的时候
忽然想到，相框恰如一本书大小
干脆把两张遗像拿出来，放在书架上
像两本地方志厕身于二十四史的夹缝中

对于外人，地方志无用
对于离乡的游子

地方志胜过任何文学名著
人近中年，铁石心肠
读到河水上涨，竟泪流满面

2019.8.30

卧佛

从冀中平原，乘车一路向西
过无极、藁城、正定
进入鹿泉境内，可见夕阳下
太行山的剪影，如一座巨大的卧佛
额头、眼睛、鼻梁、嘴唇、下巴、胸膛
无不栩栩如生，法相庄严

乘车继续向西，你会发现
哪里有什么卧佛
所谓卧佛，不过是些横七竖八的山河
怀抱着村庄、集市、百姓、农田
怀抱着遍地蛛网尘埃的人间

从太行山区，往回返
乘车一路向东
过山西阳泉、河北井陉，山连着山
进入鹿泉，再走一段下坡路
你会感觉，豁然开朗
旋即，又陷入迷惘

平原上，一幢幢高楼
切割着七零八落的农田

甜瓜把苦瓜逼到了墙角
小麦将荞麦挤出了地盘
再回头，仰望夕阳下的太行山
依然是一座完整的卧佛，法相庄严

2017.4.23

上课

为了过冬，野猪蓄积脂肪
绵羊增长新毛，马吃上了夜草
候鸟飞到温暖的南方
而杨树、槐树、榆树、枣树
却脱光叶子，赤条条抵御寒风
一辈子扎根故土，无法移动
这强烈的反差
正是动物和植物之间的区别
一种用加法过冬，一种用减法
而村里的留守老人
有时数着越来越多
有时数着越来越少
不适用于小学一年级课本
因为孩子们的手指头不够数
脚趾只露出一根

2015.3.6

荒芜

这年头，是流水，就要掀起一些浪花
没有浪花，就冲着礁石拍打
拍出雷鸣般的掌声
是大树，就要招来一些凉风
没有凉风，就数自己的叶子
数出点钞机的响声
而大地木讷无华
我们种下什么，它就长出什么
不管是玉米，还是罂粟
仿佛善恶不分，就该罪加一等
为了让大地开口说话
我们埋下一个人，却长出野草
我们埋下几代人，长出大片野草
大地永不与人苟合
宁肯就这么荒芜

2015.7.2

灌溉

封龙获鹿

洗澡、洗菜、洗碗、洗衣服、洗地板
眼瞅着，那么多的水
变成脏水，流入下水道
唯余一声叹息
在省城
水，不过是一种用过即丢的工具

而在我的故乡冀中平原
水，生来就有一种使命叫灌溉
干干净净的水，从深井中抽出来
又沿着垄沟，干干净净地流进农田
慢慢渗入土壤和根须
长出嫩芽、新叶、露珠与银河系

2019.1.13

颈椎病

蛇有七寸，终生软骨病
我有颈椎，时常不舒服
即使是在头把金交椅上正襟危坐
也不如在自家硬板床上侧身平躺
此时，再没有比一个合适的枕头更重要的了
不能太软，又不能太硬
枕在上面，像种子埋进土壤
不能太高，又不能太低
梦境恰好被野草遮蔽，风吹草低见牛羊
我要平躺在硬板床上，睡个安稳觉
让每个骨节充分舒展，不再相互抵触
让恩怨稍歇，矛头随北斗指向虚无
正如这静谧的黑夜，平躺在大地之上
与民生息
它没有闪电，我不打呼噜

2009.3.26

三个我

深夜，万籁俱寂
银河在天上汹涌，奔波不停
两颗星星隔岸对峙
那是我和另一个自己在拔河
彼此玩命，要把对方拽到河中
精疲力竭时，心头闪念：“松手！
让另一个自己摔个仰面朝天
我就可以彻底解脱”
恶作剧尚未上演，赫然发现
绳子上还站着一个自己，在走钢丝
小心翼翼，如履薄冰
正所谓“三位一体”“三生万物”
唯有故乡、省城、路上三个我
同时在场，才构成稳定的三角形
手不能松呀！必须时刻紧绷
只要有一头儿松手，真我便落入
万劫不复的黑洞。你不相信？
怎么有那么多星星
在银河里挣扎，喊救命

2015.3.27

塑料农膜

在北京芍药居附近，夜宿如家客栈
梦到一条丝瓜，从我的身体里
穿破皮肤，蜿蜒而出，撕裂，剧痛
我惊叫一声，醒了
发现自己整个人，光着身子，露在被子外面
像蛇蜕下的皮
像菜地废弃的塑料农膜
轻飘、柔软、破烂
一股风就能将我吹跑，飞到天边
幸亏黑暗压住了阵脚
冰凉，坚硬，宛如半截砖

2015.11.29

文身

滹沱河水，冲积出冀中平原
到了秋天，大地一片苍凉
为了给草根保暖，天空采用纯棉
有时染成火红，有时染成蔚蓝

印上云纹、水纹
印上喜鹊、牡丹
婴儿在红印花布缝制的襁褓里做梦
老人在蓝印花布环衬的棺材中长眠

死亡和新生，都那么宁静
色彩、符号、图案，让穷乡僻壤
释放压抑多年的积怨
却忽略了审美，正随时代发生突变

如今，襁褓中的孩子
变成一身滚刀肉的青年
在胸膛刺青，文着彪悍的图案
不过是为了掩盖卑微的心

谁来纠正这文过饰非的世界

让阴谋回归阳谋，让繁难回归极简
天空的材质，什么时候
从化纤变回纯棉，从纯棉变成药棉

2016.9.24

咋舌记

迷路的小女孩站在墙角哭泣
老商贩递给她一个橘子
剥开皮，露出一瓣瓣金黄的舌头
每一瓣都饱含甜蜜的话语
无声，反倒最具有说服力

对此，尼科罗·帕格尼尼①
表示反对。他柔软的手腕出神入化
把小提琴当作自己的舌头
穷困潦倒时，变卖小提琴度日

我不反对任何声音
哪怕人们互相买卖，世界嘈杂如赶大集
文物商店兜售和田玉雕刻的舌头
仅供翻云覆雨的手把玩
农家大棚鲜红的草莓，无人问津

吃吧！舌头到胃的距离很近
心到舌头的距离很远，长达十万光年
心中想说的话

---

① 尼科罗·帕格尼尼（Niccolo Paganini，1782.10.27-1840.5.27），意大利小提琴演奏家、作曲家。

到了舌尖，已经发生了改变
“相对论”遭遇的干扰，愁杀爱因斯坦[1]

阿尔伯特[2]担心，黑暗坚硬如铁锤
要把月亮圆润的舌头
锻打成寒光闪闪的弯刀
文字柔软如簧片
根据吹奏者的好恶，谱写赞美诗

秋风渐凉，秋雨五音不全
只能吊自己的嗓子
地方戏正在开演
走失的小女孩找到了家人
善良的贵妇获达拯救了帕格尼尼

我木讷寡言，没有奇遇
只能咬自己的舌头
我的舌头很直，难以下咽
不想当仙人掌
只能做刹车片

2016.9.30

---

①② 阿尔伯特·爱因斯坦（Albert Einstein，1879.3.14—1955.4.18）犹太裔物理学家，获得1921年诺贝尔物理奖，创立狭义相对论。1915年创立广义相对论。

疑邻盗斧

半个月不剪，头发就长长了
直立起来，往中间聚拢
像一把斧头，总有开山的冲动
而这世界
到处都是疑邻盗斧的人
要我把斧头交出来，还给他们
我坐在椅子上，听凭理发师处置
咔嚓咔嚓的声音响起
镜中的我，露出青灰的头皮
脑袋由方变圆，像一个土坷垃
刚从旋耕犁下逃生，又被人踩在脚下
踩吧，踩吧
哪怕被人踩扁也没关系
斧头没了
土坷垃中的草根，依旧能够发芽

2019.1.14

崖柏

焦虑已经从精神
蔓延到了器质
我分明感觉到
自身的肌肉、血脉、骨头
像麻绳中的各种纤维
扭结在一起
越来越紧，越来越紧

太行山上的崖柏
也是这样扭曲
本意是铆足劲儿
吸收岩石里的水分
却给人一种
已经把自己拧干了的错觉

2017.4.1

夜行

子夜，独自走在旷野中
忽然发现黑暗
并没有他们说的那么黑
那么阴森恐怖
他们极力赞颂的光华
反倒常常给我带来刺目灼心的痛楚
我无锦衣，此生安心做一个夜行人
这宁静的夜色
比什么衣裳都尊贵

2017.8.18

在白纸上种地

冀中平原上的老人干活儿时
腰弯得久了，总习惯抬头望天
舒缓伤痛，同时观察风的走向，云的变幻
妥善安排农事
而我们这一代人
不再种地。对苍天，丧失了独立的判断
过于依赖气象台宏观的预报
却忘了自己身处微末之地
一遇到风雨，便慌乱不堪
我所剩不多，好在还有几张白纸
既可以当作苍天仰望，也可以当作田地耕种
像祖辈那样，把腰深深地弯下去
在纸上写下一个个汉字
宛如点种一粒粒玉米
希望我的玉米长高了
有天可顶，有地可立

2017.5.20

臭味剂

播种冬小麦之前，要给农田施肥
爷爷从猪圈里叉出一堆大粪
恶臭的气味弥漫了半条小巷
我捏着鼻子绕过粪堆，直奔乡村中学
那里有少女们的身体，自然散发出的芳香
这芳香令我着迷，不断地深呼吸

从离开故乡那一刻起
我一直努力做一个有洁癖的人
远离污秽和是非
爷爷已经去世多年
可我还是清洗不掉身上
那股来自泥土的气息

随着年龄的增长，汗臭味越来越大
似乎是爷爷趁我熟睡
故意在我身上添加
就像给农田施肥
就像给无色无味的天然气
故意添加一种臭味剂。警醒我
闻到臭味，说明已发生泄漏
要迅速关闭阀门，防止爆炸

2017.6.28

马赛克

飞机从正定国际机场起飞
我从舷窗往下看
绿色的大地上，有很多村庄
像一张张脸，正仰天长叹

飞机越飞越高，村庄越来越模糊
像一个个当事人
被特意打上了马赛克

2016.9.9

第三辑

水滹沱

107

182

深秋

越往郊外走，秋天越深
到城乡接合部的家，已深如一口井
城里的人觉得我们在坐井观天
殊不知，到了冬天
漫天飞雪的日子，井水不结冰
井底最温暖

越往高处走，秋天越深
到山顶，秋天已深如大海
山顶与大海本来有一千五百米的落差
此时却颠倒了过来
我们站在山顶
宛如海中的鱼，沙漏里的沙

2015.10.16

湿地

这里河沟水道自然交叉
丛生的芦苇庇护着蝌蚪和野鸭
天南海北的候鸟
在这里逗留，结为半路夫妻
孵化一窝窝雏鸟
叫起来满口本土腔调

经常来这里玩耍的几个孩子
也有着不同的籍贯
一个家庭，甚至说三四种方言
对于他们来说
语言并非最大的障碍
因为这里不仅是打工者聚集的城乡接合部
还有水

流水能将石头磨平，也能将舌头捋直
还能将孩子们吞进去
变成真正的本地人
把这片适合候鸟生存的湿地
变成
一想起它
就泪水涟涟的故乡

2017.6.4

号叫

凌晨一点，突然
黑暗中，不远处
传来一个男人的号叫声：
“啊——啊——啊——啊——”
高亢、憋屈、沙哑、凄厉
深更半夜，这种声音
出现在城乡接合部
不会引起大惊小怪
就像人们翻山越岭
站在悬崖上面
禁不住要喊两嗓子一样

2016.7.17

酣畅

越干涸的人，越向往大海
在北戴河海滩，放眼望去
男女老少，大多不会游泳
靠游泳圈在浅水中嬉戏
他们和我一样，来自内陆
有的甚至更往西，来自沙漠腹地
那里半年没下一滴雨
皮肤干涩，嘴唇皲裂
只有舌尖是湿润的
只有爱才能解渴
在沙漠腹地，一个男人吻一个女人
就像黄海与渤海这两条蓝色的舌头
纠缠在一起
风浪越大，越酣畅甘洌

2015.8.28

淮阴侯

公交车内，人们
有时被挤成人上人
有时被挤成人中人
七八个农民工兄弟扛着行李上车
又被挤成人下人
沙丁鱼误入罐头，不等于回到鱼群
山泉水汇入江河，随洪流泥沙俱下
当然，也有小小的惊喜
农妇抢到座位，双手伸向一个八九岁的男孩
招呼孩子坐到自己腿上
男孩已懂得害羞
坚决不从，宁肯被挤成孤儿
宁肯承受大人们的胯下之辱
咬着嘴唇，像极了淮阴侯韩信

2016.3.19

孤独

阿多尼斯的孤独是一座花园
“但其中只有一棵树”[1]
我的孤独是一座三甲医院
每天有上千人在排队
中间夹杂着我和不识字的母亲
我们俩沉默不语，很少交流
她裹得严严实实，像一包中草药
我头发凌乱，青筋暴露
像一支抗生素

2019.1.2

① 引自叙利亚诗人阿多尼斯诗句。

大雨追着我跑

深夜，我就是那个在雨中
追末班车的人
明明知道公交司机不会停车
也要追上去，跟着车跑几步

大雨也在追我
它们见我在跑，就跟着我跑
很多雨滴，超过了我
跑到了我前面

万物都有不甘人后的冲动
我只是被集体和时间抛弃
没有出租车，就在雨中走一夜
早晚能回到家中

而大雨本身就是一个集体
它们盲目地奔跑
前面的雨滴，把后面的雨滴
带到了阴沟里

为什么集体的恐慌

更甚于卑怯的个体?
黑暗中，雨滴们发生了踩踏事故
个个都像问号，摔碎在地

2017.6.6

湛蓝的天空

小时候，我听过自己的声音
没有录音机，就弯腰趴在水缸沿儿上喊话
高高胖胖的水缸肚子，像个大喇叭
使我的声音变粗，瓮声瓮气，像个大人物
如今人近中年，身体如同大水缸
在录音机里，我听自己的声音
感觉非常陌生，那是我吗？
沙哑、黏滞、啰唆、口吃……
说出的话，跟心中想表达的意思差之千里
这声音在宽敞的会议室、演播大厅里飘荡
也发出水缸般瓮声瓮气的回声
水面却未映出纯真的笑脸和湛蓝的天空

2014.1.2

打篮球

我从地下室翻出一个篮球
干瘪的样子，像我的心脏
七八年前，我买下它
只玩了几次，便扔到一旁
它的衰老，和我一样
完全由时间造成
并非因外力击打
而此时，能够改变我们的
或许只有外力
我把篮球清洗干净
又买来气针，小心翼翼给它打气
生怕用力过猛，将它打爆
傍晚，在学院生活区球场
我独自一人，笨拙地练习三步上篮
直到汗流浃背，浑身通泰
终于明白，体内的器官
只是医学镜像
手中的篮球，才是真正的心脏
只有不断把心脏抛出去
才能获得动力和健康
正如此刻，月亮被抛出去很远
仍将光芒反照在地球上

2017.6.3

夏至

散步路过街心花园
看见许多花花草草已经变得枯黄
此刻并非深秋，而是夏至
一年中，日照最长的一天
刚浇过几场透雨
为什么还有花草不断死亡

有的不适应高温
有的就喜欢长夜
有的已经完成了开花结子的使命
在盛夏遇到枯萎，是件自然的事
在盛世听见哀乐，无端热泪盈眶

2018.6.21

红瓤

让两岁半的女儿
跟爷爷奶奶在一起
让她从城市回到家乡
让一粒种子埋进土壤

乡亲们的目光、方言
有最惬意的温度和湿度
女儿瞬间适应了
长出嫩芽，张开翅膀

没几天，彻底变成了泥孩子
与村里的孩子一起
在一望无际的田野上打滚
在火辣辣的日头下奔跑

变成一个个烤地瓜
外表脏兮兮
内心却像朝阳一样
甜蜜的红瓤

2012.6.5

植树节

荒坡上散落着各种各样的石头
植树前，必须徒手搬走花岗岩
用铁锹铲去鹅卵石
露出赭红色的泥土，血气方刚
促使万物发育，茁壮成长
太行山埋藏着深层次的记忆
挖坑如探佚。越往下挖，越要小心
铁锹触碰到地下的石头
与断碑的硬度相同
金石相遇，不停地碰撞，叮当声响
手臂震得发麻，如受电击
这反作用力，是石头对人的追问
为何受伤的总是沉默不语者？
为何舍本逐末，不对自己当头棒喝？
三月十二日，携妻子女儿到井陉县秀林镇马峪村
帮乡亲们植树，俯下身来反求诸己
挖出坑中的石头，唤醒一个个故人
种下树苗，又站起一个个新人
天气很冷，春风也不示弱，如铁锹坚硬
正用锋面，翻动巍巍太行

让树根握紧石头，让故人扶持新人
从简体长成繁体，从耳语上溯《史记》
看似寡言，实则草蛇灰线、伏脉千里

2016.3.13

燕子

我们居住在石家庄西三环外的上庄镇
六岁的女儿，是城市与乡村的夹心饼干
洗头房、保健品店，招牌鲜艳，她视而不见
卖菜、摊煎饼、蒸包子的小商贩，她都认识
成堆的垃圾、打群架的青年，她远远躲着走
流浪猫豆丁，流浪狗欢欢，是她的玩伴
她早忘了，额头磕在建筑废料上，缝了三针
每次经过小区门口，她总记得抬头看
从春天开始，就有两只燕子在门洞下搭窝
如今，两只大燕子出去觅食
四只小燕子乳臭未干

2016.7.11

大雨中的小纸船

连日大到暴雨，六岁的女儿
在家中憋了几天，没有小朋友陪她玩儿
她总是扒着窗户往楼下看
城乡接合部的街道，汪洋一片
电视上，山区大部分地方洪水漫灌
很多老人孩子爬上房顶，急需救援
女儿突发奇想，折了十几艘小纸船
穿上雨衣下楼，在我的看护下
她站在楼门口台阶上
将一艘艘小纸船放到过膝的积水里
小纸船瞬间被暴雨打湿
好在纸张很轻，并没有沉没
而是随着水流，漂了很远很远
小纸船在雨水中泡久了
慢慢展开，又从方舟
重新变成一张张纸，回到纸的命运中
软塌塌湿漉漉的，漂浮在水面上
再也经受不起一个笔尖，一句谎言

2016.7.20

朝霞

每天，日出之前
起床，给孩子做早餐
迎着朝霞
送孩子上小学读书

这是一个清贫的中国家庭
唯一的仪式
也是离神
最近的时刻

2016.9.23

停电之夜

停电之夜，最怕的不是汹涌的黑暗
而是澎湃的失眠。点上蜡烛
少年时代瘦削的剪影出现，与中年的我
面面相觑
让我慌乱，狼狈不堪
也想找堵墙壁靠一靠
哪怕变成黑色，变成平面

当年共剪西窗烛，而今对影成三人——
在少年与中年之间，还有一位青年
是我抽出他的烛芯
像剥开虾皮，抽出虾线里的垃圾
抽掉所有的梦想
留下被油烹出的红润
来满足全家的温饱和个人贪欲

2015.8.1

耐心

初次见到大海，六岁的女儿
嘴角上全是浪花，一浪接一浪
大海先把女儿拉进水中
轻轻抚摸，待她彻底放松
猛地一个大浪拍过来
女儿尖叫，浑身湿透
更开心，干脆坐在沙滩上
任潮水一遍一遍漫过

我也曾给女儿很多惊喜
从棒棒糖到冰激凌
给她甘，给她甜，给她蜜
却从未像大海这么有耐心
往她的鞋里掺沙子
往她的嘴巴灌海水
给她咸，给她苦，给她涩
还把她拍倒在地
让她不以为然，全不在意

2015.8.21

涨潮

岸边海水清浅，恰好漫过脚踝
借着微弱的晨光
能看到水下沙土沉积的波痕
六岁的女儿，低头寻找贝壳
见水底有孔洞，一挖挖出小螃蟹
临近中年的我们，也想掏心窝
却什么话也说不出来
只有远眺，海平线上
霞光撕破脸，才给浪花镀上金边
将赶海的船笼罩在佛光中
把满腹心事的人裁成剪影
“看！盛大的日出。”我提醒女儿
她不为所动，像一只白鹭一样
专注捞脚下的小鱼小虾
浑不知，时间在流逝
太阳渐渐露出凡俗面目，爬上三竿
“涨潮了！”听到当地人的喊声
才留意海水已漫过女儿腰部
我抱起她，踉踉跄跄蹚到岸上
转回头再看，女儿刚才挖掘的地方
正如我们的过去，不知不觉
汪洋一片，白浪滔天

2015.8.29

老家

我带着女儿在京赞公路上玩耍
一个脑门很大、脸色黝黑的小男孩
总跟在我们后面走来走去
我问他："你叫什么名字？今年多大了？"
他说："我叫马腾飞，四岁。"
我又问他："你的老家在哪里啊？"
他遥指马路斜对面说：
"这儿就是我的老家！"
我放眼望去
那是一家卖兰州拉面的地摊儿
一个黑脸膛的汉子正在猛力拉抻面团
双臂大开大合，像两扇门，被大风不断吹动

2016.4.2

平衡

夏日葳蕤，众生喧哗
当刺耳的蝉鸣统治了华北
万物沦陷于聒噪中
天空就会降下滂沱大雨
让连绵的雨声，收复失地
也收服那些癫狂的心
我张口呵斥女儿
声音刚发出去
就被轰隆隆的雷声镇住
我哑然失笑
原来我这种粗暴的大人
也在大自然的动态平衡中
我想感谢雷声
雷声已经走远，毫无踪迹
就像从来没有出现过
雨也停了
欢快的鸟语，笔触清晰
收拾着泛滥的山川大地

2017.6.22

夜深了

夜深了，七岁的女儿睡着了
两个月大的儿子
睁着一双好奇的大眼睛
紧盯着我的一举一动
他还不会说话，不会泄露天机
因此更接近神明

面对孩子，我忽然不知所措
这些年，我一直往外走
把空无当成信仰，受尽屈辱
仅存一点灵性，早已消磨干净
唯余一腔热血，还灌不满裂缝
低头反省，无地自容

从今以后，我要学会往回走
从万里江山，回到狭小的家庭
把孩子蹬开的被子，轻轻掩好
给封闭的屋子，装上门铃
我无意对孩子们言传身教
灯光自会给他们潜移默化的启蒙

2017.2.11

白刃

尚未立冬，雪，提前降临人间
给锈钝的山峦开出白刃，寒光闪闪
让太行东麓小镇的外来者，战栗不安
是的，我早有预感
只是没想到这么快

快到杨柳还没来得及洗干净脖子
快到蝼蚁还没来得及与鲜花说再见
快到火红的柿子还没有变软
就冻得比石头还硬
快到城乡接合部的公路还没有修复
就变成烂泥，沟壑纵横，无路可走

既然图穷匕见，请动手吧！
你不会听到，金刚刀切割玻璃
那种刺耳的吱啦声——
苍天蒙尘多年，没有玻璃那么透明
我没有那么易碎，只是有几条裂缝
保持犁铧破开大地时的安静

2015.11.8

我的信仰

没有人知道，我把一腔热血
透析为冰凉的海水
经历了怎样的痛苦和绝望
抱着六个月大的儿子，我哭了
表情扭曲，如小丑
声音呜咽，如困兽
儿子却咯咯笑了
以为我又在故意逗他
以为所见总是人间喜剧
他用纯净的眼神
望着我；用胖乎乎的小手
抚摸我的脸，擦去我的泪水
他伸出食指，在空气中画来画去
像是在书写一部独特的《创世记》
洪水退却，月亮隐匿
星星带领人们，走出埃及

2017.5.18

婴儿

月光扭曲了时间
我们与过去之间，唯余斑驳树影
我们与未来之间，只剩一道窄门
只有天使能够穿过

与其膜拜月亮，不如守护婴儿
看到熟睡的婴儿
手握屠刀的人，也会蹑手蹑脚
心藏大恶的人，也会屏住呼吸
迷信真理的人，也会怀疑自己

叫醒一群大人，或许会成为英雄
吵醒一个婴儿，结果很难预料
在绝缘的时代
婴儿的嗓子是仅存的半导体
哭声嘹亮，向未来传递着
我们浅薄的认知和深深的歉意

2018.9.25

噪音与史诗

封龙获鹿

给三个月大的儿子听交响乐
儿子哇的一声，吓哭了
这一幕深深地刻在我的脑海里
并开始反问自己
究竟什么是噪音，什么是史诗?
二者的边界在哪里?

四十年前，我出生在冀中平原的炕头上
在泼妇骂街，麻雀吵嘴，蟋蟀掐架
骡马悲鸣声中长大
初次从收音机中听到交响乐时
也感觉不适
立即调频换台

直到我的脸上出现青春痘、脓包、痤疮
手腕上增添了一串烟头烫伤的疤痕
毫无防备
再次与交响乐遭遇
不由自主地掩面
低声抽泣

但我并未痴迷海顿、莫扎特、贝多芬
舒伯特、柏辽兹、门德尔松、柴可夫斯基
众神如远山环伺人间
音符似远水不解近渴
最终给我安慰的
反倒是风声、雨声、雷声
孩子的哭声
父母沉重的脚步声
门轴扭曲的吱嘎声

熟睡的孩子，像小溪紧贴着大地
一点点声音，都能把他们惊醒
我作为一个音盲
此生，无法教给儿女
怎么区分噪音与史诗
只能让他们慢慢学会适应
等孩子长大了，我会告诉他们
可以忍受电锯嘶鸣，但要警惕寒蝉的寂静

2017.6.9

远和近

写作需要沉浸，我却一次次从墨水中跳出
对着沸腾的油锅出神
用一下午的时间，给儿女清炖一锅排骨
批评家警告我："不要离日常生活太近"
而战地记者罗伯特·卡帕[①]说：
"如果你的照片拍得不够好，
那是因为你靠得不够近。"
我该怎么办？
罗伯特·卡帕距离越南战场太近了
误入雷区，却没有拍到自己
被炸成碎片的那个瞬间
而我曾在父亲住的重症监护室外破碎过
曾在孩子降生的妇产科手术室外痊愈过
日常生活同样惊心动魄，无暇给自己拍摄
油锅滚滚，拿勺子撇去浮沫
抬头望见夕阳正把镜头对准我

---

① 罗伯特·卡帕（Robert Capa，1913年－1954年）是匈牙利裔美籍摄影记者，二十世纪最著名的战地摄影记者之一。1954年5月25日，卡帕在越南采访第一次印支战争时，误入雷区踩中地雷被炸身亡。

像罗伯特·卡帕那样远
又像罗伯特·卡帕那样近
仿佛从未离开过

2017.7.6

让位

儿子一周岁了，开始蹒跚学步
对万物充满好奇，翻箱倒柜开抽屉

必须把客厅条案上的青铜佛像请走
以防掉下来砸伤孩子

佛祖肯定愿意
给纯真的孩子让位

不会介意人间因为爱
把他当成危险的东西

寒冷的冬日，阳光为了照在
我们这些龌龊的大人身上，也发生弯曲

2018.1.1

在阅读中痊愈

女儿读伊塔洛·卡尔维诺的《意大利童话》时
一不留神，被封面划破手指
血流了出来
惊慌中，十岁的她
在白纸上涂了一个鲜红的叉号
这并不是对伊塔洛·卡尔维诺的否定
而是对出版社的告诫
再经典的作品
也不应该用锋利的硬纸过度包装
封皮最好再柔软蓬松一些
纤维最好再粗糙一些
内文纸张的颜色，最好再暗一些
颗粒最好再多一些，像泥土一样
刻上多少尖锐的词，也没有刺目的反光
我希望，女儿只感受到文字本身的疼痛
又能在阅读中痊愈，而不是被外包装伤害
让书回到方便阅读的初衷
让我们在欣赏的过程中，仿佛回到了故乡
每一行文字，都是旋耕犁翻出的伤口
每一片落叶，都是创可贴
树上的叶子用光了
就用天上的雪

2020.1.1

无颜

去年冬天，在母校演讲
我想以亲身经历
让师弟师妹理解什么叫“苦难”

实际上，很多深度体验
一旦当众说出，立即感到乏味
并羞愧不已，大汗淋漓

犹如一座荒废的道观
无颜面对
起伏的群山

2016.12.26

上火

沉默寡言的人
每次上火，都是从口腔开始
溃疡
舌苔上长满肉刺，像一颗颗螺钉
被一遍遍，反复拧紧
再拧紧
终于穿透铁板
钉子的尖，朝上，露在外面

2016.9.1

大雨退去

过了滹沱河，就是省城
在乡亲们看来，我是过河的卒子
可以横行无忌
实际上，过河的卒子
只能前进，不能后退

山也退，云也退
打一针，烧也退
谁都知道，退一步海阔天空
大雨退去，下水道井口篦子上
堵满了没有退路的各种垃圾

2016.7.4

梦呓症

只有妻子知道
我经常在深夜说梦话
向她坦白前世和今生

只有妻子知道
我经常在睡梦中大声喊叫
把她的胳膊当成井绳

她打捞出的我——
有时是青年，有时是少年，有时是儿童
有时背后还站着一个家族

为了避免使小孩受惊
我常常独居书房，对着古今中外的作者呓语
对着一句句谎言尖叫

情急之下，我奋力抓住的茅草
也只是茅草
无力将我拉到悬崖之上

2017.1.5

采石场

什么时候睡觉也成了苦力活儿?
失眠的我，开着装满石头的翻斗车
摇摇晃晃，行驶在黑暗的隧洞

睡熟之后，还有人用铲车
往我嘴里扔大石头
把我当成一台颚式破碎机

一块块大石头，磨成了铺路用的小石子
大路通天，各走一边
谁管破碎机在不停地颤抖

晚高峰，北京地铁吐出乌泱乌泱的人
我从扶梯传送带上挤下来
抬头仰望

月亮，像燕山的头盖骨
被采石场彻底掀开
昨是今非的我，陷入面目全非的世界中

2016.12.12

隔空交火

那个迎风流泪的少年
已经不见了
他不愿再和我隔空对话
这些年，我一直在寻找他
我和他早已判若两人
他对这世界格格不入
而我每日行走在明暗交界线上
溶解在沉默的落日余晖中
直到昨日，护士在孩子头上扎针
我竟泪如泉涌
上一代人的懦弱，遗传给下一代
竟然变异为撕心裂肺的痛
小小的孩子，正在替我
也替那些隐身人、局外人受罪
我陷入深深的自责
手持孩子的化验单
迎着寒风，流着眼泪
在门诊和病房之间来回穿梭
孩子一定会好起来
为此，我不惜与无数个自己
隔空交火
把他们一一击落

2017.3.9

蛇馆

在动物园蛇馆
面对眼镜蛇、赤练蛇、竹叶青、黄金蟒
大人们纷纷躲避
孩子们眼睛紧贴着玻璃，全神贯注
蛇轻轻一动，便引起一片欢呼

小时候，我们也曾在农田抓草蛇
掐住蛇的七寸
任它在胳膊上盘来绕去
感受盛夏难觅的凉意
厌倦了，就剥掉蛇皮

其实，每个农村少年的脊髓中
都有一条蛇蜿蜒而行
敏感、盲目，又充满野性
当我们警觉到危险，直立起来
也将要害暴露给世界

“贫穷”就是我们的七寸
常常被捕蛇者抓住，当皮鞭甩响
给别人造成屈辱的同时

也在伤害着自己
所谓斑斓，不过是结痂的裂纹

为了生存，我们主动蜕皮
有的成为井绳，用竹篮打水
有的变成铁索，锈迹深重，毫无光泽
而我在恐惧中，懂得了
利用恐惧，保全自己

不管是遇见弯弯的月亮，苗条的腰身
还是虬曲的树根，辗转的江河
少年时代追逐的一切东西
我们都会一边选择无视，一边迅速逃离
生怕被其反咬一口，反戈一击

正如此刻，在孩子们的欢呼声中
我们背转过身，假装看窗外
大人们讨厌蛇
但从不讨厌胆怯的自己
并为一次次断尾求生而窃喜

2017.5.2

螺旋纹

装修工人说：“这里安静得可怕
电钻的噪音，被充分放大”
是啊。我从省城丽馨园
搬到横山村，离闹市区越来越远
离太行山脉越来越近
内心的蚁群突变为满天的星辰
曾经让我烦恼和羞耻的事物
竟然焕发出璀璨的光芒 我们装修新房
不过是在异乡，再造一个故乡
除了深深的寂静
将狭小的我们，放大到正常尺寸
没有悦耳的音乐抚慰疲惫的灵魂
风声、雨声、雷声
孩子的哭声、女人的抱怨声、老人的责骂声
全部都是噪音
寂静与噪音，故乡与异乡
成长与衰老，爱与恨
所有对立的事物
都在这里统一为钻头的螺旋纹
深入时间的黑暗中三寸

2018.2.9

道场

为了有一个专心写作的地方
我对一套闲置很久的房子进行装修
不断加码，直到负债累累
不断妥协，直到心力交瘁
在物化的过程中
渐渐对这套房子生出感情
竣工后，立刻搬了进去
独自一人，坐拥大书房
全套明式红木家具
却再也写不出像样的东西
文艺创作需要对自己敲骨吸髓
经常搞得遍地狼藉，面目全非
而今，我不愿深思
更愿消耗体力，拿着墩布一遍遍擦地
直到汗流浃背
身体的释放，并未减轻负罪感
反而加重了洁癖
整理房间，不过是在维护一种秩序
而秩序有时是艺术的天敌
原本想建一座道场，结果却成了监狱
正当我百般纠结，心情抑郁时

从书柜下面扫出儿子丢失的玩具
我玩了一会儿，长出了一口气

2018.5.9

拍给未来的照片

擦拭老相机，修理三脚架
我想赶在蔷薇凋谢之前
给妻子儿女多照几张合影
走到御园路
突然刮起风下起雨来
取景框中，全是慌乱的神情
一家四口，像是在逃难
没有拍出一幅像样的画面
我犹豫了半天
最后还是决定
把这些照片保存下来
没有删
正如世界上很多看似荒诞的艺术
并不是针对现在，而是关乎未来
等我们老了，满脸皱纹
儿女长大成人，懂得了
时光的宽容和残忍
那些慌乱的神情，被遍地湿淋淋的
蔷薇花瓣映衬
宛如滹沱河
倒映着乌云中的雁阵

2018.5.21

万有引力

我不愿做一个对熊熊大火冷眼旁观的人
我愿做一瓢水
哪怕泼出去无法收回

假如这瓢水中有几条小鱼
还泼不泼
噢，我怔住了。请原谅绕道而行的人吧

蓝色的地球也是一瓢水
至今不泼向烈焰翻腾的太阳
正是出于万有引力定律之上的慈悲心
没有任何选择

2019.2.4

尘埃

新装修的房子，请保洁公司打扫完
刚过几天，又落满了尘埃

书架上的新书，如果长期不阅读
字里行间也会落满灰尘

尘埃是最公平的，从来不分新旧、贵贱
无时无刻不在洒落，不放过任何一个

我想写尘埃一样轻的诗
可以把一切变成废墟

只有大地、山川、河流
以及白骨和种子，能够承受它

2018.1.12

贯通伤

丁酉年腊月，一套鸡翅木家具
从福建莆田出发
乘坐大货车，翻山越岭
来到河北获鹿，进入有暖气的房间
还散发着江南阴冷潮湿的气息
深夜，嘎巴嘎巴的声音响起
时而尖厉，时而密集，持续到天亮
茶几桌面上，赫然出现一条裂缝
足有二尺多长
维修工来了，看了看
撂下几句话，就走了
“南方木头到了北方，开裂是正常现象”
“至少要经过两三年，情绪才能稳定住”
“别着急修补，再等等，让它裂成贯通伤”

2018.1.12

锯末

夕阳每日像圆形锯片
滚过城乡接合部
所到之处，尘埃骤起，锯末飞溅
原来，万物都是草木之身

十年时间，我下笔千言
句句发出金属的声音
也无法把自己锻造成一枚钢钉
楔入主干，阻止锯片旋转

锯齿切割我，没有迸发一点火星
锯齿切割城乡接合部
一圈圈年轮，在横断面闪现
每一圈都刻画出一张消失的脸

2017.4.2

线

封龙获鹿

回忆，如同一根棉线穿过针眼
给我的大脑，缝上几块补丁
补丁摞补丁，虚线连实线
最明显的是额头上的发迹线
在不断地退却，染上白霜
最清晰的是床边的电话线
左耳入右耳出，一句也记不住
最漫长的是京广线
我曾多次乘火车南下
穿过隧道和桥洞，青春与爱情
穿过黄昏时，成为地平线
太累了，真想抱着夕阳躺下，什么也不做
穿过梦想时，变成天线
不停地旋转，也只能收到一些模糊的画面
穿过现实时，又成为电线
每次触碰，都会颤抖、痉挛
一不留神，在夜空划出抛物线
灯熄了，我的底线又向黑暗退了一步
我一直以为，那是谁都不可能抵达的地方
却在最深处发现无数个猫眼

每个猫眼里都射出不同的视线
如一根根针，在补丁上绣出牡丹

2013.9.15

拾荒

午夜，城郊小镇，路灯下
一位背着蛇皮袋的拾荒人
挨个翻着街边的垃圾桶
此刻，我在写作，孤军深入
内心越来越凄凉
与拾荒人没什么不同
只不过，我是在汉语的垃圾桶里
捡拾各种各样的废品
至今，我囤积了一大堆塑料空瓶
却总是换不来钱
好在捡拾的过程
能给我带来片刻欢喜——
常常自以为捡到的是一个漂流瓶

2017.4.20

敲门声

人近中年，疲惫不堪
常把双人床，当作两扇门
一个人躺在床上
等于关闭大门
靠在门后，长出一口气
整个世界都安静下来

想到生病的老人和幼小的孩子
想到还有很多事情没有做
又开始自责、懊悔、愧疚
心怦怦直跳，像午夜敲门声
越来越急，越来越急

2019.2.19

丹顶鹤

今天，通过医院的机器设备
我偷窥到自己身体里有一大片沼泽
五脏六腑，都已深陷泥淖
即便是遵医嘱，戒酒，加强锻炼
也难以恢复到从前
干脆认命
并往好处想，沼泽就是湿地
虽然看起来，一大片荒芜
却能调节气候，涵养水土
维持生态平衡，让我的心脏
能单腿直立于芦苇丛中

2016.10.9

围观

“你知道你喝醉后的样子有多么丑陋吗？”
妻子说完，母亲接着训斥我
我已经四十岁了
她们也不给我留点情面
我躺在床上一言不发
其实，不用她们教训
我每次从醉酒中醒来
都会陷入深深的自责
我已经忘了昨夜去过几次卫生间
只记得每次洗手时
镜中都会出现一张陌生的脸
一张脸的左半边非常年轻
右半边已经衰老
一张脸的上半部分正在前进
下半部分已经溃退
还有一张脸极度扭曲
憋得通红，泪水涟涟
费了很大劲儿
才把一个少年孟醒石吐出来
给围观的众多孟醒石看

2017.5.29

欲罢不能

封龙获鹿

你是否也像我一样
出门远行时，常带上一本书
却从来不翻看
眼睛总盯着车窗外——
荒凉的沼泽，起伏的山峦
喧嚣的集市，空寂的农田
一页一页翻过去
如同一部天书
因过于枯燥，而无细读之人
因过于玄奥，而无破解之道
沿途的风景，或许
没有书本中的故事好看
却令我欲罢不能，望眼欲穿

2016.12.26

照见

以前我是局外人
现在我是网中人
说着大海一样不着边际的话
努力向深渊挣扎
最黑暗的地方
或许有一条出路
——大海的底层
生活着千奇百怪的动物
有些动物自带光源
像钨丝一样发亮
像氮气一样透明
像灯泡一样易碎
这光，本身就是一种语言
是照见彼此的交流电

2019.3.24

云朵

每次醉酒之后
我都会情绪低落两三天

渐渐成为习惯，也屡屡应验——
有一朵云，在我的身体里飘荡

饱蘸酒精后，便成为药棉
在五脏六腑间，轻轻擦拭

直到露出暗疾和针眼
浮现碑文与青山

2015.10.18

散沙

从一块棱角分明的石头
到一盘散沙，大自然用了上千年
而我只用了二十年
我一直以为，只有水泥才能拯救我
只有钢筋才能使我重新硬起来
直到我走进海南，站在陵水的沙滩上
才发现这里的沙子数不清，遍布整条海岸线
就那么散着，宛如记忆中无数微小闪光的颗粒
就这么散了上万年，依然如雪一样干净纯洁
在阳光下散发着炫目的光芒
踩在上面，发出咯吱咯吱的乐声
召唤那个在大雪纷飞中
徒步求学的少年：“早日归来”
我来啦！只不过已人近中年
真想将我这一盘散沙，融入其中
被南海清澈的浪花
一遍遍洗涤，永不停歇
一万年，就这么散着
不再僵硬，只要洁白与柔软

2015.8.18

分界洲岛

冀中平原的少年，在温带季风气候里长大
最忌讳的是头脑发热，而我经常高烧难退
譬如：高二那年，放弃文化课，改学美术
大一暑假，乘三十六小时火车到粤西打工
一九九八年初，辞掉工作，再次只身南下
绿皮火车穿越隧道，进入亚热带季风气候
——一次次南下，并未让我扶摇直上
而北上，依然改变不了百转千回的命运

二〇一四年十月，又因沉迷诗歌
飞到海南，进入热带季风气候，随后
乘坐大巴车从海口继续南下，南下
才知有牛岭，将海南拦腰切断
“夏季岭北大雨滂沱，岭南阳光灿烂
冬季岭北阴郁一片，岭南明媚无限”
一地小气候，尚且北辙南辕
何况大历史，何况我？
何况我正处于青年和中年之间

美女岛亦在分界线上，又名分界洲岛[①]

---

① 分界洲岛，当地人称美女岛，上有“大洞天”。

鲸鲨逡巡，珊瑚成林，色彩斑斓
看来，身处热带，别有“大洞天”
南下，只要坚持，定随万物轮转
我羡慕海南人，为了浪漫可以从琼州海峡
到天涯海角，一路高烧下去
我爱分界洲，却无法像她那样有勇气
将海水细分为碧蓝、碧绿、深蓝

2015.8.18

古城墙

总有一台打夯机在拍我的脑袋
猛劲把我往土里摁
频繁的节奏，与心跳相等
响一次，我的记忆，便被埋没一寸
难以自拔，无法摆脱
遗忘，这与生俱来的原罪

直到我看见，正定古城墙
往事便如城墙上的荒草被一场雨激活
细枝末节都沾着晶莹的露珠
原来，上苍是在我的体内修建城墙
用月亮，把记忆深处的黏土一层层夯实
年龄越大，城墙越高，以滚木礌石
抵御外来的侵略，也将我困在自己的围城中

正定古城墙，从北周到晚唐
从正统到万历，几经修缮
形成周长二十四里，高三丈二尺的土城
外砌一块块青砖。月城、瓮城，箭楼、旗楼
蔚为壮观。四座城门：
东曰迎旭，南曰长乐，西曰镇远，北曰永安

如今，只剩下断壁残垣，只剩下了土

定有一种力量，比风雨侵蚀
比战火硝烟，更具有破坏力
正如我每天经受的那些震颤，被选择性遗忘
正如那个拆城墙青砖垒猪圈的年代
赞歌遮蔽了孤独的落日
夯锤大地，发出的重低音

2015.10.30

断代史

在真定府隆兴寺，千年以上的侧柏、国槐
有十七株。每一株古树，都是半部中国通史
——根植于唐宋，成长于元明，衰落于晚清
记录无数惊雷闪电，口诛笔伐，战火硝烟
有的头早被斩断，垂垂老矣
树荫仍护佑子孙，枝丫总指向苍天

而我忍气吞声，不过苟活八九十年
所有的肋骨劈成竹简，又能写几行地方志?
却踌躇满志，想在中年，完成一部断代史
众人皆笑我，痴
除非朝代不由风雨来断
螳螂举起柳叶刀，蟋蟀按下钢琴键

2015.12.5

白洋淀

凌晨三点，我在黑暗中醒来
感觉自己像一条莲藕，躺在淤泥里
如果我不生长，就会腐烂

写作，就是生长
捅破淤泥，浮出水面
开出朵朵莲花，结成大把莲子

实际上，哪有这么顺利
淤泥也在不停地生长，蠕动，扩张
对聒噪者封喉，令叹息者窒息

实际上，我并不是莲藕
莲藕有九个孔洞，藏着
纯净的水和空气，就有九条命

而我的骨头中，只有一个孔洞
藏着骨髓，命也只有一条。我知道
这辈子再怎么写也不可能超越莲花

但我侧重描绘那些在淤泥里

旁逸斜出的事物
比如芦苇、蒲棒、船桨，还有划船的你

2017.6.26

小包村

很难相信，龙图阁直学士包拯的老家
只有一口古井，滋润着大片苔藓
只有半亩荷塘，埋藏着洁白的莲藕
只有两袖清风，安抚着丛生的芦苇
其他，都是别人家的
连村边的小庙，都是村民们新盖的
里面的神仙更小，像个布娃娃
庙小了，人就高大
官风正，人就挺拔
肥东县小包村的农民，房前屋后的树木
都叉着腰说话
这里，每一座山都是包拯的靠山
每一个人都自称是包拯的后人
每一种农作物都洁身自好，善始善终
水稻抽穗了，油菜结籽了
胡萝卜开着簇簇清白的小花
万里长江跑到安徽，都把龙头低下
祥云飘荡，青天高悬，像一口铡刀

2019.6.11

玉兰叶落

玉兰开花时，满树的白
白纸的白，不肯写一字
而在北京鲁迅文学院
有十几棵高大的玉兰树
到了寒冷的冬天
叶子全部变成宽厚的土黄色
与金黄的银杏叶融为一体
与凝血的枫叶相映成趣
共同对抗雾霾的侵袭
遍地受伤的落叶
如同一张张残旧的书页
现代文学馆的藏书汗牛充栋
我穷尽一生，写的诗又有几个人读?
最终不过是零落成泥
可我还是希望
我的诗也像这些落叶一样
人们踩在上面
能够听到叶脉筋骨断裂的声音

2016.11.17

艺术鸿沟

如果苦瓜和尚石涛来到陇南
肯定会气坏。因为不需要他动手
岷山自己会“搜尽奇峰打草稿”

如果钟山野老龚贤来到宕昌
肯定会痛哭。因为这里每一棵树都是
“铁干银钩老笔翻，力能从简意能繁”

如果马奈、莫奈、雷诺阿来过鹅嫚沟
“印象派”就不会在美术史上出现
因为这里有一座天池
已经将每一束光倒映出来
色彩斑斓，不停地变幻

传教士郎世宁穷尽一生
也无法用颜料抚平
中西方艺术之间的鸿沟
他只意识到鸿沟的危险
忽视了鸿沟可以像官鹅沟这样美丽

天池边的红桦树，正在蜕皮
树皮像宣纸一样轻薄

却有着无比的柔韧性
任阳光随手雕刻，任乌云恣意泼墨
即便什么也不写
仍然呈现江河的纹理，读出诗意

树影像毛笔，探进池中
一棵树，只用一片树皮
也敢为万里江山立传
一池水，仅以几只蝌蚪
也敢为苍生撰写史册
因为池水是透明的
可以看到前世，可以望见未来
可以将雪山融化为瀑布
把俗尘冲去，令时间倒戈

此时此刻，我就身处于画中
在天池边漫步
凡·高至死没有抵达的境界
一棵红桦树，轻易就超越了
因为星空在旋转
自然万物，均有艺术化的能力
向着大美而去
不肯停息，不怕犯错

2019.8.29

桃花潭

一个人下河游泳，常被当作自寻短见
诗人刘年不知深浅
投身皖南青弋江，像投胎，进入母亲河
赤条条，在羊水中，自由泳

这个来自湘西猛洞河边的人
水命，一生奔波不停
追逐的不过是江山的倒影
决堤，崩溃，常置自己于死地而后生

他双臂划动，水面产生一圈圈光晕
又制造一个个旋涡。最大的旋涡
直通唐朝，名曰桃花潭，水深千尺
是流亡者的深渊。今天又深了七尺

李白年少时仗剑去国，老来长流夜郎
月亮跟着他，走遍天涯，无枝可依
“十里桃花，万家酒店”不过是汪伦的谎言
干脆一头扎进谎言里，醉生梦死

最大的屈辱，不是死后的滔滔江水

而是生之孤独。李白和刘年
北辙南辕，在桃花潭里，赤裸相见
两岸青山，也相对出

2016.5.12

浯岛三章

一、浯岛红高粱

记忆中，华北平原的高粱
超过了民间的屋顶
暗红的穗子在燃烧
我们的童年，总处于灯下黑
在黑暗中读书识字
在浓墨里奔跑游泳
得到了闪电的启蒙

而浯岛上的红高粱
植株短小精湛，如五言绝句
经过矮化的品种，能抵御强台风
正如我们的祖先
为了避免遭受戕害
在诗中遁世，删繁就简
在画中隐居，曲径通幽

不管是内陆的黄土，还是海上的红壤
高粱都有着颗粒饱满的忧伤
都有着把眼泪酿成美酒的理想

我惊诧于两岸风土的和而不同
又惊喜于精神世界的殊途同归
在仙洲浯江书院
朱熹著述《论语集注》《四书或问》的地方
沉甸甸的高粱穗
如史笔，在风中疾书

二、浯洲太湖

浯洲的荒芜令人吃惊
除了花岗岩、片麻岩、火成岩
就是绿树、杂草
人们生存的路径
不过是龟背上篆刻的甲骨文
稀稀落落的村庄古厝
隐藏在榕荫深处

这看似原始的洪荒之地
其实暗藏着一个个奇迹
他们铸剑为犁
开垦被炮火烧焦的大地
种田、栽树、挖淡水湖，涵养水土
积攒下大面积的森林和湿地
过冬的候鸟，常常来此栖息

没有污染的地方
才是心灵的故乡
荒芜，才是泽被后世的巨大财富
与其给子孙留下金钱万贯
莫如留下更大的腾挪空间
你看，茫茫大海，就这么荒着
好像空无一物

三、高粱酒

苍茫大海，汹涌澎湃，缺少的是淡水
你我之间，怒浪滔天，缺少的是理解
何不坐下来喝一杯高粱酒?
这酒用浯乡最甜的水酿成
可以调和海水的苦，可以冲淡泪水的咸
这酒用古泉最纯的水酿造
可以浇灭无名的火，可以照见彼此的心
高粱接地气，小麦怀大德
为了乡情、友情、爱情、亲情
不怕研磨蒸煮，不惜粉身碎骨
陈渊仙洲牧马，朱熹书院讲学
有了风声、雨声、歌声、读书声
战场涅槃为方舟，酒曲发酵出诗篇
一滴高粱酒，蕴含整个太平洋的浩瀚
我们都是一家人，有共同的语言

没有什么不可逾越的鸿沟天堑
一瓶高粱酒，就是一座通天的巴别塔
我们每干一杯，就相当于加一块砖

2016 年 9 月 9 日—12 日

图书在版编目（CIP）数据

封龙获鹿 / 孟醒石著 . -- 天津：百花文艺出版社，2021.3
（中国好诗 . 第六季）
ISBN 978-7-5306-8012-4

Ⅰ. ①封… Ⅱ. ①孟… Ⅲ. ①诗集—中国—当代
Ⅳ. ①I227

中国版本图书馆 CIP 数据核字(2020)第 273179 号

封龙获鹿

FENGLONG HUOLU

孟醒石 著

出 版 人：薛印胜
特约策划：彭明榜
选题策划：刘 勇 **责任编辑：**李文静
装帧设计：孙 初 申 祺
出版发行：百花文艺出版社
地址：天津市和平区西康路 35 号 **邮编：**300051
电话传真：+86-22-23332651（发行部）
+86-22-23332656（总编室）
+86-22-23332478（邮购部）
网址：http://www.baihuawenyi.com
印刷：北京精彩世纪印刷科技有限公司
开本：889×1194 毫米 1/32
字数：114 千字
印张：6.5
版次：2021 年 3 月第 1 版
印次：2021 年 3 月第 1 次印刷
定价：50.00 元

如有印装质量问题，请与北京精彩世纪印刷科技有限公司联系调换
地址：北京市海淀区学院路 5 号 768 创意园 D 座 06 号
电话：(010)82423131 邮编：100082